Fear Street Geisterstunde

Im Haus der Hexe

FEAR STREET GEISTERSTUNDE

IM HAUS DER HEXE

Aus dem Amerikanischen
übersetzt von Brigitta Merschmann

Loewe

Bibliografische Information Der Deutschen Bibliothek
Die Deutsche Bibliothek verzeichnet diese Publikation in der Deutschen Nationalbibliografie; detaillierte bibliografische Daten sind im Internet über *http://dnb.ddb.de* abrufbar.

Der Umwelt zuliebe ist dieses Buch auf chlorfrei gebleichtem Papier gedruckt.

ISBN 3-7855-4827-3 – 1. Auflage 2003

Titel der Originalausgabe: Spell of the Screaming Jokers
Erzählt von Kathy Hall

Veröffentlicht mit Genehmigung des Originalverlags, Pocket Books, New York.

Aus dem Amerikanischen übersetzt von Brigitta Merschmann
Umschlagillustration: Jan Birck
Gesamtherstellung: GGP Media, Pößneck
Printed in Germany

www.loewe-verlag.de

Kapitel 1

„*An dem* ganzen Ärger ist nur Frankie schuld. Autsch! Das tut weh, Louisa!“, protestierte ich.

„Entschuldige, Brittany, das war doch keine Absicht. Aber du kennst ja den Spruch – Wer schön sein will, muss leiden. Wirf nur mal einen Blick in die Zeitschriften da.“ Louisa zeigte auf den Stapel, den ich auf dem Fußboden aufgetürmt hatte. „Die werden dir alle bestätigen, dass ich Recht habe.“

„Dann werde ich eben nie schön sein“, sagte ich entschlossen und befreite mein Haar von ihrem zwickenden Lockenstab.

Es war Samstagnachmittag. Louisa, meine beste Freundin, war zu mir gekommen, um ihrer Lieblingsbeschäftigung nachzugehen: Sie wurde nicht müde, neue Methoden und Tricks zu erfinden, um mein kurz geschnittenes braunes Haar aufzustylen. In der Regel verlorene Liebesmüh.

„Abgesehen davon“, fuhr ich fort, „ist es mir völlig egal, wie ich heute aussehe. Es geht doch bloß um dieses blöde Schulprojekt ‚Soziales Miteinander‘.“

„Du hast wirklich eine miserable Einstellung, Brit.“ Louisa schüttelte missbilligend den Kopf.

Louisa ist meistens topmodisch angezogen. Heute zum Beispiel trug sie ein fliederfarbenes T-Shirt und ein langes himmelblaues Hemd, farblich abgerundet durch dunkelblauen Nagellack.

Ich dagegen hatte meine älteste Jeans und ein verwaschenes Sweatshirt mit der Aufschrift „Shadyside Junior High School" aus den Tiefen meines Kleiderschranks gefischt.

Erschöpft ließ ich mich aufs Bett fallen. „Aber es stimmt doch, oder?", sinnierte ich. „Wenn Frankie uns nicht gezwungen hätte, uns mit seiner albernen Ratte abzugeben, wäre all das nie passiert."

„Ich fand ihn ziemlich süß", sagte Louisa.

„Wen?" Ich zog die Augenbrauen hoch. „Frankie?"

„Quatsch, nein!" Louisa verdrehte die Augen. „Spike natürlich!"

„Spike und süß? Na klar, wenn man auf Albinoratten steht. Wie kam Frankie überhaupt auf diese blöde Idee, das Vieh in die Schule mitzubringen?"

„Er hatte gewettet. Er sollte beweisen, dass er sich traut, Spike auf den Notenständer des Musiklehrers zu schmuggeln." Louisa zuckte die Achseln. „Und du kennst ihn ja. So einer Herausforderung konnte er unmöglich widerstehen."

„Wer?", fragte ich. „Spike?"

„Nein!" Louisa musste lachen. „Frankie! Du

weißt doch, wie leidenschaftlich gern er Wetten abschließt."

Ich schüttelte den Kopf. „Nö, ich kenne Frankie kaum."

„Letztes Jahr war er in meiner Klasse", erklärte Louisa. „Glaub mir, der schreckt vor nichts zurück."

Schepper!

Louisa schrie auf, als die Tür zu meinem Zimmer aufflog und gegen die Wand knallte.

Mein kleiner Bruder marschierte herein.

„Jimmy!", brüllte ich. „Du sollst anklopfen, bevor du in mein Zimmer kommst! Geht das nicht in deinen Kopf?"

„Nimm eine!", forderte Jimmy mich ungerührt auf und wedelte mit einem Stapel von Spielkarten vor meiner Nase herum. „Ich will dir meinen allerneuesten Trick zeigen."

Ich stöhnte auf. Womit hatte ich das verdient? Kartenspiele konnte ich auf den Tod nicht ausstehen. Leider hatten Mum und Dad meinem kleinen Monster von Bruder zum achten Geburtstag ausgerechnet ein Buch über Kartentricks geschenkt. Seitdem war Jimmy eine reine Nervensäge.

Ich war seine Kunststückchen wirklich mehr als leid. „Sag Louisa, sie soll sich eine aussuchen", schlug ich ihm vor.

Jimmy fächerte die Karten vor Louisa auf. Sie nahm eine und hielt sie hoch. Die Kreuz sechs.

„Jetzt steck die Karte wieder in den Stapel." Eifrig nickte mein kleiner Bruder ihr zu.

Louisa ließ die Karte wieder im Stapel verschwinden.

Jimmy mischte. „Gut, und jetzt heb die ersten vier Karten ab."

Brav befolgte sie seine Anweisung. „He", rief sie, „das sind ja alles Sechsen!"

„Ta-daaa!" Jimmy verneigte sich stolz.

„Wie hast du das gemacht?", fragte Louisa und gab ihm die Karten zurück.

Er grinste nur. „Goldene Regel: Ein Zauberer gibt seine geheimen Tricks unter keinen Umständen preis", verkündete er. Dann wandte er sich an mich. „Du bist dran, Brit. Komm schon!"

„Für solche Scherze habe ich jetzt keine Zeit", sagte ich. „Wir müssen zu Max Davidson."

„Wer ist das?", wollte Jimmy wissen. „Dein neuer Freund? Bist du etwa in ihn verliebt?"

„Nein, ich bin ihm noch nie im Leben begegnet", fauchte ich. „Er wohnt erst seit einer Woche hier in Shadyside. Außerdem ist er krank und kann deshalb nicht zur Schule gehen."

Jimmy rümpfte die Nase. „Was hat er denn?", fragte er neugierig.

„Die Tollwut vermutlich, bei meinem unglaublichen Glück“, sagte ich missmutig.

„Brit!“, rief Louisa empört. „Du bist wirklich gehässig!“

„Und warum musst du zu ihm?“, erkundigte sich Jimmy.

„Weil seine Mutter den Direktor gefragt hat, ob sich nicht ein paar Schüler von der Shadyside Junior High um ihn kümmern könnten. Und Mr Emersons Wahl ist auf uns gefallen.“

„Oh.“ Nachdenklich legte Jimmy den Kopf auf die Seite. „Und wieso hat der Direktor ausgerechnet euch ausgeguckt?“

„Es hat Zoff gegeben, weil wir im Schulgebäude mit einer Ratte gespielt haben“, erklärte Louisa.

„Es ist so ungerecht!“, warf ich ein. „Wir haben eigentlich überhaupt nichts getan und kriegen trotzdem eine Strafe aufgebrummt!“

„Sag das mal unserem Musiklehrer“, meinte Louisa.

„Der blöde Typ!“, antwortete ich. „Der ist ja überhaupt an allem schuld!“

„Genau.“ Louisa nickte. „Wäre er nicht gerade in dem Moment aus dem Musiksaal gekommen, als wir Spike streichelten, dann hätte uns überhaupt keiner erwischt.“

„Und dieser rothaarige Junge?“, fragte ich Louisa. „Der den Spind neben Frankie hat? Wie heißt er noch gleich – Jeff?“

„Bist du in Jeff verliebt?“, hakte Jimmy sofort nach.

Ich überhörte seinen Einwurf einfach. „Ich wette, Jeff ist stinksauer auf Frankie.“

„Warum ist Jeff sauer auf Frankie?“, bohrte Jimmy.

„Jimmy, du kennst die beiden überhaupt nicht!“, fuhr ich ihn an. „Wieso willst du das alles wissen?“

„Der Musiklehrer hat Jeff gleich mit uns zum Direktor geschleift, dabei stand er einfach nur an seinem Spind und wollte Bücher herausholen. Er hat Spike nicht einmal zu Gesicht bekommen“, weihte ihn Louisa ein.

Man stelle sich vor: Eine blöde Ratte war schuld daran, dass ich einen völlig fremden Jungen besuchen musste.

Diese Ratte hat uns den ganzen Schlamassel eingebrockt, dachte ich genervt.

Aber dann riss ich mich zusammen. Was soll’s, munterte ich mich auf, um mich aufzubauen. Wir bringen den Besuch bei Max hinter uns, und das war’s dann.

Doch da irrte ich mich gewaltig.

Denn das war nur der Anfang.

Danach ging der ganze Ärger erst richtig los.

Kapitel 2

„Muss Max ausgerechnet in der Fear Street wohnen?“ Louisa schüttelte sich, als wir auf dem Weg zum Haus der Davidsons waren. „Sieh mal, da vorne ist Frankie!“ Sie winkte ihm zu.

Frankie beeilte sich, uns einzuholen – was ihm auch mit wenigen Schritten gelang. Denn an Frankie war alles irgendwie zu lang geraten. Er hatte sehr lange, extrem dünne Arme und Beine, ein längliches schmales Gesicht, eine lange gerade Nase und langes braunes Haar.

Mein Blick fiel auf sein T-Shirt. Wie man sich denken kann, hatte es ebenfalls Überlänge. Und es war blau – so blau wie seine Augen. Auf seiner Brust prangte in riesigen Buchstaben das Motto: WETTEN DASS ...!

Schweigend gingen wir zu dritt die Straße hinunter, bis Louisa sich umdrehte und fragte: „Ist das da hinten nicht Jeff?“ Sie zeigte auf einen schlaksigen rothaarigen Jungen, der ein ganzes Stück entfernt war. „Sollen wir auf ihn warten?“

Als Jeff uns endlich eingeholt hatte, warf ich einen Blick auf meine Uhr. „Mensch, Leute, es ist schon fast fünf! Wir kommen zu spät!“

„Wir könnten die Abkürzung durch den Garten von Mrs Marder nehmen“, schlug Frankie vor.

„Kommt überhaupt nicht in Frage!“, zischte ich. Wusste er denn nicht, was man sich über Mrs Marder erzählte? „Sie ist eine Hexe!“

Louisa riss erschrocken die Augen auf. „Genau!“, pflichtete sie mir bei. „Ohne mich! Ich habe keine Lust, mich in ein Huhn oder etwas Ähnliches verwandeln zu lassen!“

„Habt ihr etwa Angst vor Mrs Marder?“ Frankie grinste. „Ich jedenfalls nicht.“

„Das solltest du aber“, konterte ich. „Weißt du nicht, was mit Gina passiert ist?“

„Was war denn mit ihr?“, fragte Jeff.

„Eines Tages hat sie sich in den Garten von Mrs Marder geschlichen. Seitdem ist sie wie vom Erdboden verschluckt!“

„Ich dachte, Gina sei mit ihren Eltern in eine andere Stadt gezogen“, wandte Frankie ein.

„Da hab ich aber was anderes gehört“, sagte Louisa. „Sie ist spurlos verschwunden. So, als hätte sie nie existiert.“

„Glaubst du das wirklich?“, fragte Jeff verächtlich.

„Nein, im Ernst!“, beteuerte Louisa. „Alle haben Angst vor Mrs Marder. Wenn ich sie schon sehe, läuft es mir kalt den Rücken runter. Sie hat unzählige Katzen, die fauchen und zischen ununterbrochen. Und sie hasst Kinder. Das ist gruselig!"

„Gruseliger als zwei Wochen Nachsitzen?", fragte Frankie. „Das ist nämlich die Strafe, die uns erwartet, wenn wir heute zu spät kommen."

Frankie hatte Recht. Verglichen mit zwei Wochen Nachsitzen waren zwei Minuten im Garten von Mrs Marder beinahe ein Klacks.

„Ich finde, wir sollten uns von ihr fern halten", sagte Jeff plötzlich.

„Machst du dir jetzt etwa auch ins Hemd?", stichelte Frankie. „Du elender Feigling!"

„Ich bin kein Feigling!", entgegnete Jeff aufgebracht. „Ich bin bloß dagegen, dass wir in einen fremden Garten eindringen. Das ist verboten."

Verboten? Ich schaute Louisa an und verdrehte die Augen. Wer ließ sich denn von so was einschüchtern?

Prüfend schaute ich mir Mrs Marders Haus an. Die graue Farbe war abgeblättert, das Holz sah wurmstichig und morsch aus. Rings um das Haus zog sich eine altersschwache Veranda. Die Fenster im ersten Stock hatten trübe, schlierige Scheiben und klapprige, windschiefe Läden.

Dann drehte ich mich um und blickte zur anderen Straßenseite. Freies Gelände mit einer riesigen Baugrube in der Mitte. Es sah so aus, als hätte man dort ein Haus bauen wollen, die Arbeit jedoch mittendrin eingestellt.

„Kein Wunder", dachte ich. Wer will schon der Nachbar von Mrs Marder sein?

Seufzend wandte ich mich wieder ihrem Garten zu. Wohin man sah, Katzen, nichts als Katzen! Und alle waren sie pechschwarz.

Mehrere Katzen hockten auf dem Geländer der Veranda und dösten. Andere hatten sich träge auf den Fensterbänken zusammengerollt, um sich die Sonne auf den Pelz brennen zu lassen. Wieder andere schlichen geduckt durch das hohe Gras und beäugten uns misstrauisch.

„Das Haus der Davidsons liegt gleich hinter dem Garten", flüsterte Frankie. „Ich zähle jetzt bis drei, dann geht's los. Alles hört auf mein Kommando. Eins ... zwei ... drei!" Er zog das knarrende Tor auf und rannte um das Haus herum.

Sofort hefteten Louisa, Jeff und ich uns an seine Fersen. Uns blieb ja auch nichts anderes übrig!

An der Rückseite des Hauses zog eine Bewegung meinen Blick auf sich.

Mrs Marder!

Sie stand auf der Veranda und hielt einen Stock in ihren knochigen Händen. Quatsch, was sage ich – es war ein Besen! Das grüne Halstuch, das sie um ihren Kopf geschlungen hatte, bedeckte nur einen Teil ihrer grauen Haare. Ich konnte die tiefen Runzeln in ihrem Gesicht erkennen – und ihre böse funkelnden grünen Augen.

„Ihr Flegel!“, schrie sie und schüttelte drohend den Besen.

Ich stürmte weiter – vorbei an einer mit Erde beladenen Schubkarre und an einem alten steinernen Vogelbad, in dessen Sockel ein Gesicht gemeißelt war.

Nein, es war gar kein Gesicht – es war ein Totenschädel! Ein Schädel mit leeren Augenhöhlen, der Mund zu einem stummen Schrei weit aufgerissen ...

„Kommt sofort zurück!“, wetterte Mrs Marder.

„Nur fort von hier“, dachte ich und ergriff die Flucht. In meiner Panik stolperte ich prompt über eine Katze. Fauchend wich sie zurück, machte einen Buckel und entblößte ihre kleinen spitzen Zähne. Vor Schreck fiel ich auf eine Ansammlung von kleinen Blumentöpfen. Sie zerbrachen mit einem lauten Klirren in tausend Stücke.

„Meine Kräuter!“, tobte Mrs Marder. „Du hast meine Kräuter zertrampelt!“

Mit wild klopfendem Herzen richtete ich mich wieder auf.

Mrs Marder zeigte mit ihrem Knochenfinger auf mich. „Dafür wirst du bezahlen!“

Eine Horde fauchender schwarzer Katzen versammelte sich um sie. Gelbe und grüne Augenpaare fixierten mich. Es war ein Albtraum.

„Das wirst du mir büßen!“, fluchte Mrs Marder weiter.

Mit einem verzweifelten Satz rettete ich mich hinter einen Strauch am Ende des Gartens – und traf dort auf Louisa, Jeff und Frankie, die auch in Deckung gegangen waren.

„Das ist wirklich unglaublich! Brittany hat bloß ein paar Blumentöpfe zerbrochen, und guckt euch an, wie die Frau ausrastet!“ Verwirrt schüttelte Frankie den Kopf. „Habt ihr das gehört?“

„Sie geht jetzt rein“, sagte Jeff. „Machen wir uns aus dem Staub!“

„Nur noch einen Moment.“ Frankie verließ den Schutz der Sträucher, schlich geduckt zu der Schubkarre und stieß sie mit einem gezielten Fußtritt um. Schwarze Erdklumpen ergossen sich auf die Wiese.

Prompt schwang die Hintertür wieder auf.

Mrs Marder erschien auf der Veranda. Erbost stieß sie den Besen in die Luft, als wolle sie jemanden aufspießen.

„Das werdet ihr mir büßen!“, schrie sie. „Ihr alle! Macht euch nur keine falschen Hoffnungen! Ihr könnt mir nicht entkommen!“

Kapitel 3

Wir ergriffen endgültig die Flucht. So schnell wir konnten, rannten wir weg von dem gruseligen Garten und seiner noch Furcht einflößenderen Besitzerin.

Ich rang nach Luft, als wir endlich vor Max' Haustür standen.

Dafür werdet ihr mir büßen! Dafür werdet ihr alle bezahlen! Mrs Marders Gezeter klang mir immer noch in den Ohren. Meine Beine zitterten.

Als ich auf den Klingelknopf drückte, merkte ich, dass auch meine Hand zitterte. Ich atmete tief durch, um mich einigermaßen zu beruhigen.

Dann sah ich auf meine Uhr. Na toll, wir kamen nun trotzdem zu spät.

Neugierig musterte ich das Haus, in dem Max wohnte. Es war ein einstöckiges Backsteinhaus mit frisch gestrichenen weißen Läden und einem liebevoll gepflegten Garten. „Was für ein hübsches Haus", dachte ich – einen krasseren Gegensatz zu Mrs Marders Spukhaus konnte man sich wirklich nicht vorstellen.

Eine hübsche blonde Frau öffnete die Tür. „Hallo!", empfing sie uns freundlich. „Ich bin Mrs Davidson, die Mutter von Max."

Mrs Davidson hatte fröhliche grüne Augen und ein nettes Lächeln. Ihr langes Haar war locker mit einer silbernen Spange zusammengefasst. Sie trug ein flaschengrünes Top, dazu eine Sporthose und Turnschuhe. Sie sah ausgesprochen cool aus.

Louisa stellte sich als Erste vor.

„Jeff", murmelte Jeff.

„Und ich bin Brittany", gab ich meinen Senf dazu.

Frankie gab sich als Letzter die Ehre.

Mrs Davidson führte uns ins Wohnzimmer. „Ich habe dem Direktor versprochen, mich bei ihm zu melden, sobald ihr hier eintrefft", erklärte sie. „Und ihr seid ja pünktlich eingetrudelt! Ich rufe ihn nur kurz an. Entschuldigt mich bitte."

Sie ging in die Küche. Durch die geschlossene Tür hörte ich sie telefonieren. Wie nett von ihr, dass sie uns vor dem Direx in Schutz nahm!

„Es ist ja so nett von euch, dass ihr Max besuchen kommt!", meinte Mrs Davidson, als sie nach wenigen Augenblicken zurückkam.

Natürlich gab keiner von uns zu, dass uns nichts anderes übrig geblieben war.

„Wir sind erst letzte Woche nach Shadyside gezogen", fuhr Mrs Davidson fort. „Max hätte so gerne schon diese Woche in der siebten Klasse angefangen. Aber leider –"

„Wir gehen auch in die siebte Klasse“, unterbrach Louisa sie.

„Das trifft sich wirklich gut. Vielleicht könnt ihr ihm dann helfen, den Stoff nachzuholen, den er versäumt. Max’ Arzt meinte, er müsste noch mindestens drei Wochen zu Hause bleiben“, berichtete Mrs Davidson. „Er hatte nämlich eine Lungenentzündung und braucht deshalb so viel Ruhe.“

Sie stand auf. „Na, dann wollen wir ihn mal nicht länger warten lassen. Er ist ja schon so aufgeregt.“

Zu viert folgten wir ihr durch den Flur zu einer halb geöffneten Tür.

Mrs Davidson schob sie ganz auf. „Max“, sagte sie. „Hier sind vier Mitschüler, die dich gerne kennen lernen wollen.“

Wir betraten das Zimmer. Obwohl eine Wand fast ganz aus Fenstern bestand, fiel nur wenig Licht hinein.

Max saß in dem Bett in einer Ecke des Zimmers. Er wirkte ziemlich klein für einen Siebtklässler. Sein weißer langärmeliger Pyjama ließ ihn schrecklich farblos aussehen. Blondes Haar, sogar blassblaue Augen. Nur die dunklen Ringe unter seinen Augen passten nicht ins Bild.

„Der Ärmste“, dachte ich mitfühlend. „Er sieht wirklich elend aus.“

„Hallo, Max!“, sagte Louisa munter.

Doch der nickte nur zur Begrüßung.

Ein unangenehmes Schweigen breitete sich aus.

„Also – hast du ein Monopoly-Spiel oder so was?“, fragte Jeff.

Max schüttelte stumm den Kopf.

„Hm – möchtest du dich unterhalten oder lieber was spielen?“, erkundigte ich mich.

„Ich möchte Karten spielen“, sagte er mit schwacher Stimme und brachte sofort ein Päckchen Spielkarten zum Vorschein.

Oh nein! Nicht schon wieder Karten! Meine Stimmung sank fast auf den Nullpunkt. Es schien, als könnte ich ihnen nicht entkommen.

„Super“, log ich und zauberte ein verkrampftes Lächeln auf mein Gesicht.

„Setzt euch doch da drüben hin.“ Mrs Davidson wies mit dem Kopf zum Tisch, der an der Wand gegenüber stand.

Max rappelte sich schwerfällig auf. „Spielen wir Rommee“, schlug er mit matter Stimme vor.

„Gute Idee, Max“, lobte Mrs Davidson. „Da können fünf Personen mitspielen. Kennt ihr das Spiel alle?“

Wir nickten. Max begann zu mischen.

„Jetzt wird Max einen von euch bitten abzuheben“, sagte Mrs Davidson. „Das gehört beim Kartenspielen zum guten Ton, müsst ihr wissen.“

Max schob Frankie den Kartenstapel zu.

„Heb ein paar Karten ab – so viele, wie du willst“, forderte Mrs Davidson ihn auf. „Dann leg den restlichen Stapel auf die abgehobenen Karten.“

Nachdem Frankie abgehoben hatte, begann Max auszuteilen. Beim Zusehen fiel mir auf, dass er schrecklich an den Nägeln kaute.

„Wartet, bis alle Karten ausgegeben sind, bevor ihr euer Blatt an euch nehmt“, sagte Mrs Davidson. „Das gehört auch zum guten Ton.“

Als alle Karten verteilt waren, nahm jeder brav sein Blatt auf.

„Viel Spaß!“, wünschte Mrs Davidson uns noch, dann verließ sie das Zimmer.

Ich sah mir meine Karten an. Zweimal Kreuz. Sechs Herzen. Dreimal Karo. Noch einmal Kreuz, der Bube –

Ein gellender Schrei ließ mir das Blut in den Adern gefrieren!

Frankie schleuderte seine Karten so heftig auf den Boden, als habe er sich die Finger daran verbrannt.

„Frankie!“, rief ich erschrocken. „Was ist los?“

Mit weit aufgerissenen Augen starrte Frankie in die Ferne.

Dann stieß er noch einen Schrei aus, so schrill, dass mir Hören und Sehen verging.

KAPITEL 4

Der Schrei wollte überhaupt nicht mehr aufhören.

Ich hielt mir die Ohren zu. „Frankie!“, brüllte ich. „Was ist los? Sag uns, was passiert ist!“

Frankie drehte sich zu mir – und der Schrei brach ab. Ganz plötzlich, so, als hätte man ihm die Luft abgedreht. Aber Frankies Mund war noch geöffnet.

Mrs Davidson kam hereingestürzt. „Was ist los?“, rief sie. „Ist einer von euch verletzt? Wer hat denn so geschrien?“

„Das war Frankie“, sagte Louisa.

„Was? Ich hab nicht geschrien!“, protestierte er.

Ungläubig starrten wir ihn an. „Und ob du es warst!“, entgegnete Louisa. „Wir haben es doch alle gehört. Du hast gebrüllt wie ein Wahnsinniger.“

„Ich hab nicht geschrien“, wiederholte Frankie nur.

„Na klar“, sagte ich. „Mir ist bloß fast das Trommelfell geplatzt. Erst hast du deine Karten weggeschleudert und dann hast du angefangen, wie am Spieß zu brüllen.“

„Ich weiß nicht, wie ihr darauf kommt, dass ich

geschrien habe.“ Frankie sprach jetzt langsam, fast schleppend. „Ich weiß nur noch, dass ich die Karten weggeworfen habe. Es war dieser – dieser Joker ...“

Frankie schaute unter den Tisch. Wir taten es ihm nach.

Da lagen seine Karten, mit dem Bild nach unten. Alle, außer einer: Der Joker lag als Einziger offen sichtbar da.

Und was für ein Joker! So eine scheußliche Fratze hatte ich noch nie gesehen!

Die riesengroßen, starren Augen sprangen beinahe aus den Höhlen. Die wulstigen roten Lippen waren zu einem boshaften Grinsen verzogen.

Es klingt seltsam, aber ich hatte das Gefühl, dass er mich sehen konnte!

Der Joker trug eine grüne Samtkappe, an der kleine Glöckchen befestigt waren. In der Hand hielt er einen Stab, auf dem ein Totenschädel steckte. Ein Schädel mit Augen so rot wie glühende Kohlen!

„Igitt!“, kreischte Louisa und wandte sofort den Blick ab. „Die Karte sieht entsetzlich aus!“

Auch ich wollte mich abwenden, hielt jedoch inne – das Gesicht des Jokers hatte sich bewegt!

Seine Augäpfel schnellten hin und her, als ob er uns beobachtete. Er fixierte erst mich, dann Jeff, und als er Louisa ins Visier nahm, trat ein bösartiges Funkeln in seine Augen.

Schließlich blieb sein Blick an Frankie hängen. Der Joker grinste und enthüllte zwei Reihen schiefer, fauler Zähne.

„Was ist?", fragte Max' Mutter besorgt. „Was hat euch denn einen solchen Schrecken eingejagt?"

Beim Klang ihrer Stimme erstarrte die hässliche Fratze sofort.

Hatte der Joker sich wirklich bewegt?

Oder hatte ich mir das nur eingebildet?

Verunsichert schaute ich meine Freunde an. Hatten sie es auch gesehen?

Aber alle starrten mich an. „Brit, was hast du?", fragte Louisa. „Du bist so blass!"

„Der Joker ...", stammelte ich. Doch dann brachte ich keinen Ton mehr heraus. Nein. Es war unmöglich. Ich musste mich getäuscht haben. Meine Fantasie war wohl mit mir durchgegangen.

Oder vielleicht doch nicht?

Mrs Davidson bückte sich und hob die Karte mit dem Joker auf. „Mein Gott, wie schauderhaft!", rief sie. Rasch sammelte sie auch den Rest der Karten vom Boden auf.

„Gebt mir bitte mal alle Karten, Kinder", sagte

sie. „Ich möchte nachsehen, ob noch andere Joker dabei sind. Wie um alles in der Welt ist dieses grässliche Ding in das Kartenspiel geraten?"

Max zuckte nur die Achseln, als er seiner Mum die Karten reichte. Er hatte sich anscheinend kaum erschrocken. Vielleicht hatte ihm der Arzt eingeschärft, er dürfe sich auf keinen Fall aufregen, was immer auch geschah.

Ich war allerdings immer noch völlig außer mir. Mein Herz raste.

„Wie entsetzlich", sagte ich zu Frankie. „Das war keine normale Spielkarte. Kein Wunder, dass du losgeschrien hast."

„Ich hab's euch schon ein paarmal gesagt – ich habe nicht geschrien", erwiderte Frankie.

„Ist ja gut", schaltete Jeff sich ein. „Es hat doch keinen Sinn, das abzustreiten. Wir haben es alle gehört. Ich wette, sogar die ganze Nachbarschaft hat dich gehört."

Frankie wurde langsam sauer. „Jetzt reicht's mir wirklich. Ich ..."

„So. Ich habe das Kartenspiel durchgesehen. Es sind keine Joker mehr dabei", unterbrach Mrs Davidson unsere Diskussion. Sie reichte Max die Karten. „Und vergiss nicht, nach dem Mischen erst einen Mitspieler abheben zu lassen, Max."

Max fing an zu mischen.

„Hast du wirklich Lust weiterzuspielen?“, fragte ich ihn verunsichert.

Max zuckte die Achseln. „Warum nicht?“

„Ja, aber ...“, begann ich. Doch dann verstummte ich. Da Mrs Davidson den Joker herausgenommen hatte, war ja eigentlich nichts mehr zu befürchten.

Wir spielten eine Runde Rommee nach der anderen. Als wir vier schließlich das Haus verließen, tanzten mir Kreuze und Karos, Herzen und Piks vor den Augen.

Und ich sah immer noch diesen unheimlichen Joker vor mir – wie er mit einem boshaften Grinsen plötzlich zum Leben erwacht war.

Wie konnte mich eine harmlose Spielkarte derart in Angst und Schrecken versetzen?

Wie war das möglich?

KAPITEL 5

„Ich wünschte, wir wären schon eher gegangen“, murmelte Louisa, als wir im Dunkeln die Fear Street entlangliefen. „Ich hasse es, abends durch diese Straße zu gehen.“

„Ja, hier sind andauernd die Straßenlaternen kaputt“, beschwerte ich mich. „Ich kann die Hand kaum vor Augen sehen.“

„Kein Problem. Wir können jederzeit wieder die Abkürzung durch den Garten von Mrs Marder nehmen“, schlug Frankie grinsend vor.

„Auf gar keinen Fall!“, sagte ich schnell. Dann hörte ich etwas. „He, seid mal still. Was war das?“

Ich blickte zu Mrs Marders Haus hinüber. Aber es war zu dunkel, um etwas zu erkennen.

„Da rasselt irgendwas“, flüsterte Jeff.

Rasseln – das war das richtige Wort für das Geräusch. Es klang, als schüttete jemand eine Dose mit kleinen Steinen.

„Ich kann's auch hören“, sagte Louisa. „Horcht mal. Es wird lauter.“

Ich starrte in die Dunkelheit vor uns.

„He!“, brüllte Frankie ein Stück hinter uns plötzlich. „Bist du blind? Pass gefälligst auf, wo du hinläufst!“

Ich fuhr herum.

Frankie lag auf dem Gehsteig, und eine kleine Gestalt hatte sich über ihn gebeugt. Ein Junge? Er musste gegen Frankie gerannt sein und ihn umgeworfen haben. Jetzt redete er leise auf unseren Freund ein.

„Frankie!“, rief Louisa. „Ist alles in Ordnung mit dir?“

Er antwortete nicht.

Die Gestalt über Frankie richtete sich auf. Der Junge war winzig, ein richtiger Zwerg. Er trug eine grüne Mütze, deren Schirm er tief in die Stirn gezogen hatte. Deshalb konnte ich sein Gesicht nicht erkennen. Das Einzige, was deutlich zu sehen war, war der Stock in seiner Hand.

Ich rannte zu Frankie, um ihm zu helfen. Doch plötzlich fing die Gestalt an, ihren Stock zu schütteln. Ein Rasseln erfüllte die stille Straße. Dann stieß der Junge einen schrillen Schrei aus und verschwand blitzschnell in der Dunkelheit.

„Frankie, ist alles in Ordnung?“, wiederholte ich. „Wer war das?“

„Keine Ahnung, ein kleiner Junge, glaube ich“, ächzte er. „Mann, der ist total in mich hineingerannt!“ Er stand auf und rieb sich den Arm.

Für den Rest des Weges blieben wir dicht zusammen.

„Er hat was Komisches gesagt“, begann Frankie nach einer Weile. „Es klang wie: ‚Grimmig schütteln wir den Schädel.‘ ... nein. Da fehlt noch was.“

Er dachte angestrengt nach. „Ach ja, jetzt fällt's mir wieder ein: ‚Grimmig schütteln wir den Schädel: Du sollst deine Schuld begleichen.‘“

„Das ergibt keinen Sinn“, sagte Jeff.

Frankie zuckte die Achseln. „So hörte es sich aber an.“

„Das kann nicht sein. Vielleicht hat er gesagt: ‚Tut mir Leid, war meine Schuld‘, oder etwas Ähnliches“, gab Louisa zu bedenken.

„Nein, so war's nicht.“ Frankie schien sich seiner Sache jetzt völlig sicher zu sein.

Aber Louisa ließ nicht locker. „Und der Schädel? Wie bringen wir den unter? Ach ja, bestimmt hat er nur gesagt, er hoffe, dass du dir nicht den Schädel gebrochen hast.“

Frankie stöhnte auf. „Louisa – tu mir bitte einen Gefallen. Hör auf mit dem Blödsinn.“

Schweigend begleiteten wir Frankie bis zu ihm nach Hause. Selbst ich musste zugeben, dass Louisas Erklärungsversuche deutlich zu wünschen übrig ließen.

Auf der Veranda blieb Frankie stehen. „Hört mal, Leute“, sagte er, „es tut mir Leid, dass ich euch diese Scherereien eingehandelt habe.“

Erst im Schein der Verandalampe sah ich, wie mitgenommen Frankie war. Die Gesichtshälfte, mit der er auf dem Gehsteig gelandet war, war übel zerschrammt. Und über einem Handgelenk prangte ein dunkelroter Bluterguss. Die Form erinnerte an eine Blume. Klingt komisch, aber so war's.

„Frankie, dieser Bluterguss ..." Ich zeigte auf seinen Arm. Plötzlich fiel es mir wie Schuppen von den Augen. „Es sieht aus wie ... wie ein Kreuz."

„Ein Kreuz?" Frankie betrachtete den blauen Fleck. „Wie meinst du das?"

„Du weißt schon – die Farbe der Karten", erklärte ich. „So wie Pik oder Herz."

„Wie bitte?" Er starrte mich entgeistert an.

„Brit, ich glaube, du drehst jetzt völlig durch", stellte Louisa sachlich fest.

Das war schon möglich. Aber vielleicht hatte ich auch Recht.

Zuerst dieser grässliche Joker. Und jetzt der kreuzförmige Bluterguss an Frankies Arm. Sah ich etwa Gespenster, nur weil ich Kartenspiele nicht ausstehen konnte?

Oder steckte mehr dahinter?

Kapitel 6

„*Komm schon*, sag die Wahrheit!“, nervte Louisa mich am Montag in der Schulcafeteria. „Findest du Frankie süß?“

„Quatsch, Spike ist süß“, antwortete ich, um sie aufzuziehen. „Frankie ist, na ja, er ist interessant.“

„Ich finde, er sieht süß aus“, verkündete Louisa, „braucht aber unbedingt einen neuen Haarschnitt.“

„Du willst jedem eine neue Frisur verpassen“, sagte ich. „Das ist schon eine richtige Macke.“

Ich schaute auf meine Uhr. Oh nein, ich war mal wieder spät dran! Wie von der Tarantel gestochen sprang ich auf.

„He! Wo willst du denn hin?“, fragte Louisa.

„Fast hätte ich's vergessen! Ich muss mich mit Frankie treffen“, erklärte ich rasch. „Wir sollen für den Direx ein Poster aufhängen.“

„Du und Frankie?“ Louisa zog viel sagend die Augenbrauen hoch. „Sieh mal einer an.“

Ich stöhnte auf. „Bitte verschon mich damit! Wir zwei treffen uns nach der letzten Stunde an meinem Spind, einverstanden?“

„In Ordnung.“ Louisa zwinkerte mir zu. „Grüß Frankie von mir.“

Im Eiltempo verließ ich die Cafeteria. Im Korridor entdeckte ich Frankie zusammen mit unserem Schulleiter. Mr Emerson hatte das zusammengerollte Poster unter dem Arm.

„Da bist du ja, Brittany." Mr Emerson lächelte. „Ich habe übrigens nur Gutes über euren Besuch bei Max Davidson gehört. Großartig! Vielleicht tragen eure Besuche ja dazu bei, dass er schneller wieder gesund wird."

„Hoffentlich", sagte ich. Ja, ich wollte wirklich, dass Max bald wieder zur Schule gehen konnte. Nun gut, ich hatte Hintergedanken dabei. Max und mein kleiner Bruder hatten dafür gesorgt, dass ich Kartenspiele endgültig von der Liste meiner Aktivitäten streichen wollte. Je eher, desto besser.

Der Direx zeigte uns, wo wir das Poster aufhängen sollten. Mir drückte er eine kleine Rolle Klebeband in die Hand.

„Der Hausmeister hat die hier für euch bereitgestellt", erklärt er und zeigte auf eine fünfsprossige Leiter. „Wenn das Band nicht reichen sollte, liegt noch eine Rolle auf meinem Schreibtisch. Bedient euch nur." Dann ging er.

„Gut, dann wollen wir mal sehen, wie hoch wir mit der Leiter kommen." Mit dem Poster bewaffnet erklomm Frankie die ersten vier Sprossen.

„Ich bereite kleine Schlaufen vor, die an beiden

Seiten kleben“, schlug ich vor. „Die kannst du an der Wand befestigen.“

Gesagt, getan. Ich riss schmale Streifen von der Rolle ab, formte kleine Kreise und reichte sie Frankie hinauf.

Dabei fiel mein Blick auf seinen Arm.

„Frankie!“, rief ich. „Dein blauer Fleck!“

Der Bluterguss hatte sich schwarz verfärbt. Die Umrisse waren jetzt viel deutlicher zu erkennen. Es sah aus – ja, wie ein schwarzes dreiblättriges Kleeblatt – wie das Kreuz eines Kartenspiels!

„Ja. Irre, nicht wahr?“ Frankie nahm die nächste Schlaufe. „Und weißt du was? Es tut überhaupt nicht weh. Sonst brennt so etwas doch, oder? Aber von dem hier spüre ich so gut wie nichts.“

Wir starrten beide auf die seltsame Zeichnung an Frankies Arm. „Vielleicht ist es nur Schmutz“, sagte ich.

„Das hab ich zuerst auch gedacht“, erwiderte er. „Ich hab mich immer wieder abgeschrubbt. Aber das Ding werde ich nicht los.“

„Wenn es kein echter Bluterguss ist, aber auch kein Schmutz – was ist es dann?“, fragte ich mich, während ich weiter meine Schlaufen bastelte.

Wenig später war das Klebeband verbraucht. „He, Frankie, rühr dich nicht vom Fleck“, sagte ich. „Der Tesafilm ist alle.“

Ich lief schnell zum Büro des Schulleiters, um eine neue Rolle zu holen. Als ich die Rolle von seinem Schreibtisch nahm, hörte ich ein leises Summen. Hatte Mr Emerson vergessen, seinen Computer auszuschalten?

Ich schaute nach. Fehlanzeige.

Ein Ventilator? Nein, keiner zu sehen.

Ich zuckte die Achseln und verließ das Büro wieder.

Auch im Korridor hörte ich das seltsame Geräusch. Aber es veränderte sich: Aus dem Summen wurde ein Zischen.

Mrs Marders Katzen tauchten vor meinem geistigen Auge auf.

Je näher ich meinem Ziel kam, desto lauter wurde das Geräusch.

Und jetzt hörte es sich auch nicht mehr wie ein Zischen an – es war eher ein Rasseln.

Dasselbe Geräusch, das wir gestern Abend in der Fear Street gehört hatten!

Ich lief schneller. Aber das Rasseln wurde lauter.

Ich rannte. „Frankie!“, rief ich.

Er antwortete nicht.

Im nächsten Moment hörte ich lautes Gepolter und einen erstickten Schrei ...

„Frankie!“, schrie ich alarmiert. „Ist alles in Ordnung? FRANKIE!“

KAPITEL 7

Ich raste um die Ecke des Korridors – und blieb wie angewurzelt stehen.

„Oh nein!“ Meine Knie wurden weich. „Frankie! Wie ist das passiert?“

Frankie lag, unter der Leiter begraben, auf dem Boden. Zu allem Unglück hatte sich auch noch das Poster um seine Brust gewickelt.

„Ist alles in Ordnung?“ Ich zog erst mal die Leiter von ihm runter.

Aber Frankie antwortete nicht. Er konnte sich immer noch nicht rühren.

Beherzt riss ich das dicke Poster in Stücke, um ihn zu befreien. „Frankie! So sag doch was!“, bettelte ich.

Er stöhnte. Erleichtert atmete ich auf.

„Was ist passiert?“, wollte ich wissen, als er sich endlich aufsetzen konnte.

„Keine Ahnung.“ Er schüttelte den Kopf. „Es ging alles wahnsinnig schnell.“ Dann senkte er die Stimme. „Jedenfalls bin ich nicht von der Leiter *gefallen.*“

„Wie meinst du das?“

„Na ja, zuerst habe ich dieses Geräusch gehört. Dieses Rasseln“, sagte er.

Frankie hatte es also auch gehört! Ich hatte es mir demnach nicht nur eingebildet.

„Und dann kamen zwei Jungen den Gang runtergerast“, fuhr er fort. „Kleine Jungs. Sie haben die Leiter gezielt umgeworfen. Einer von den beiden hat was Komisches zu mir gesagt –“

„Warte mal“, unterbrach ich ihn. „Das Geräusch, das du gehört hast, war es das gleiche wie gestern Abend in der Fear Street? Das gleiche Rasseln?“

„Ja.“ Frankie nickte. „Haargenau das gleiche.“ Geistesabwesend starrte er in die Ferne.

Ich fuchtelte mit der Hand vor seinem Gesicht herum. „Kannst du dich an die beiden Jungen erinnern, die dich von der Leiter gestoßen haben? An irgendwelche Einzelheiten?“, hakte ich nach. „Haben sie etwas gesagt? Wie sahen sie aus?“

„Sie waren unglaublich schnell wieder weg“, sagte Frankie, „aber, warte mal, da fällt mir doch was ein. Sie hatten seltsame Mützen auf.“

Ich weiß auch nicht, warum, aber plötzlich tauchte wieder das Bild von Mrs Marder vor mir auf. Mrs Marder mit dem grünen Halstuch, das sie um ihren Kopf geschlungen hatte. Mrs Marder – wie sie tobte und wetterte, dass sie es uns heimzahlen würde.

„Na ja.“ Frankie zuckte die Achseln. „Gebrochen habe ich mir ja anscheinend nichts.“

Wir beseitigten die Unordnung. Irgendwann würden wir Mr Emerson erklären müssen, was aus seinem Poster geworden war.

Als wir uns nach dem Ende der Pause auf den Weg zu unserem Klassenraum machten, wirkte Frankie immer noch leicht weggetreten. Sein Blick verriet, dass er tief in Gedanken versunken war.

Schließlich wandte er sich mir zu. „Jetzt weiß ich wieder, was einer der beiden Jungs gesagt hat, als ich am Boden lag: ‚Gellend lachen wir und schreien – sieh dich vor, du trägst das Zeichen'“, wiederholte er. „Ganz schön abgedreht, findest du nicht auch?“

Ich holte tief Luft. Und ob das abgedreht war! „Gestern Abend in der Fear Street – kannst du dich noch erinnern, was der Junge da gesagt hat?“

„Grimmig schütteln wir den Schädel: Du sollst deine Schuld begleichen“, antwortete Frankie wie aus der Pistole geschossen.

„He!“, rief ich. „Das ist eine Art von Vers. Hör zu:

‚Grimmig schütteln wir den Schädel:
Du sollst deine Schuld begleichen.
Gellend lachen wir und schreien –
Sieh dich vor, du trägst das Zeichen.'

Hast du's gemerkt? Die Zeilen gehören zusammen."

Die Schulglocke läutete. Ströme von Schülern ergossen sich in den Korridor. Sie schoben sich ungeduldig an uns vorbei. Doch Frankie und ich standen nur da und starrten einander an.

„Was hat das alles zu bedeuten?", murmelte ich schließlich.

Frankie hob die Hand und betastete vorsichtig die Beule an seiner Stirn.

Als mein Blick auf seinen Arm fiel, zuckte ich zusammen.

„Was ist denn los?", fragte Frankie. „Was hast du?"

Ich öffnete den Mund, brachte aber kein Wort heraus.

„Komm zu dir, Brit!", rief Frankie. „Sag doch was!"

Ich zeigte nur stumm auf seinen Arm.

Er hatte noch eine Schramme.

Über dem Kreuz.

Aber diese Schramme war nicht schwarz, sondern rot.

Und ihre Form war deutlich zu erkennen: Es war ein Karo.

KAPITEL 8

„Es – es sieht aus wie ein Karo“, flüsterte Frankie. Sein Blick hing wie gebannt an dem geheimnisvollen Zeichen auf seinem Arm.

Ich rieb mit dem Finger über das Kreuz und das Karo. Beide fühlten sich ganz glatt an. „Die sind wie Tattoos.“

„Ja, sicher, mag schon sein“, sagte er, „aber ich war noch nie in einem Tattoo-Studio. Und wie können die Flecken sonst an meinem Arm gekommen sein?“

Darauf wussten wir beide keine Antwort.

Am Nachmittag machten wir uns zu viert wieder auf den Weg zu Max.

Die ganze Zeit wartete ich darauf, dass Frankie davon erzählte, wie ihn die zwei Jungen von der Leiter gestoßen hatten. Oder von dem Karo an seinem Arm. Aber Frankie blieb still. Vielleicht wollte er über all das einfach nicht reden.

„Was machen wir denn heute mit Max?“, fragte Louisa.

„Lassen wir uns ein anderes Programm einfallen“, schlug ich vor. „Möglichst etwas, das nichts mit Karten zu tun hat.“

„Was kann man denn sonst mit einem kranken Jungen spielen?“, fragte Jeff. „Fußball etwa?“

„Natürlich nicht“, fauchte ich. „Aber wie wär’s mit Monopoly? Oder Scrabble? Ich wäre sogar bereit, Topfschlagen zu spielen! Alles, nur kein Kartenspiel!“

„Bleib cool, Brittany“, sagte Jeff. „Ein, zwei Stunden wirst du schon durchhalten. Länger dauert es doch nicht.“

Ich warf Frankie einen verstohlenen Blick zu. Warum sagte er den anderen nichts von den Flecken an seinem Arm? Er hatte noch viel mehr Grund als ich, den Karten aus dem Weg zu gehen.

Nun, sollte er sich ruhig in Schweigen hüllen, wenn er Lust darauf hatte. Ich für meinen Teil dachte nicht daran, den Mund zu halten!

„Frankie?“, begann ich zögerlich. „Sind die Schrammen noch da?“

„Welche Schrammen?“, fragte Louisa.

Frankie schob seinen Ärmel hoch. Natürlich waren sie noch da!

„Siehst du das, Louisa?“, fragte ich. „Ein Kreuz und ein Karo?“

Louisa kniff die Augen zusammen. „Ja, klar“, erwiderte sie. „Ich kann es auch erkennen.“

„Ihr spinnt doch“, erklärte Jeff. „Die eine

Schramme ist dunkelrot, die andere hellrot. Alles andere ist reine Einbildung."

„Genau", stimmte Frankie ihm zu und schob den Ärmel wieder runter. „Bleiben wir bei den Tatsachen."

Ich starrte ihn verblüfft an. Man musste blind sein, um die Zeichen nicht zu erkennen.

Außerdem wusste Frankie genau, dass es sich nicht um einen normalen Bluterguss oder eine normale Schramme handelte. Beide waren aufgetaucht, nachdem ihn jemand zu Boden gestoßen hatte. Wir hatten doch sogar darüber gesprochen! Warum tat er jetzt so, als wüsste er von nichts?

Wir bogen um die Ecke. Vor uns lag das Hexenhaus von Mrs Marder.

Ich fröstelte, als mir ihre Drohungen wieder einfielen.

Welche Strafe sie sich wohl ausgedacht hatte?

Am Tor blieben wir stehen und spähten in ihren Garten. Von Mrs Marder war keine Spur zu sehen. Vermutlich stand sie am Herd und braute einen giftigen Zaubertrank!

Dafür waren ihre Katzen praktisch überall. Sie hockten unter den Sträuchern, duckten sich im hohen Gras und lauerten rings um das Vogelbad, wo sie gierig die plantschenden Sperlinge beäugten.

„Wir sollten etwas unternehmen, um die Vögel vor diesen Biestern zu schützen“, schlug Frankie plötzlich vor. „Kommt mit!“ Er öffnete das Tor und stand blitzschnell mitten im Garten.

Jeff stöhnte.

Frankie grinste hinterhältig, als er sich zu uns umdrehte. Er winkte uns zu sich.

„Was hältst du davon, Brit?“, flüsterte Louisa. „Sollen wir mitmachen?“

„Ich weiß nicht“, sagte ich und biss mir unschlüssig auf die Unterlippe. „Mrs Marder ist sowieso schon stinksauer auf uns.“

„Ich passe“, erklärte Jeff. „Ich nehme den normalen Weg zu Max’ Haus. Bis dann.“ Damit machte er auf dem Absatz kehrt und ging in Richtung Fear Street.

Im gleichen Moment verschwand Frankie hinter Mrs Marders Haus.

„Brit, wir müssen Frankie unbedingt da rausholen“, raunte Louisa mir zu. „Bevor Mrs Marder ihn erwischt und Hackfleisch aus ihm macht!“

Wir rannten los.

Das Herz schlug mir bis zum Hals, als wir ums Haus rannten. Böse fauchend stoben die schwarzen Katzen in alle Himmelsrichtungen auseinander.

Ich entdeckte Frankie bei einer Reihe von Blumentöpfen mit blühenden Geranien. Direkt vor meinen Augen schnappte er sich den größten Kübel und lief damit quer durch den Garten.

„Frankie!“, rief ich leise. „Was hast du vor?“

Ohne auf mich zu achten, lief er weiter und warf den Kübel samt Inhalt auf das Vogelbad. Ein ohrenbetäubendes Krachen ertönte.

„So!“, rief er laut. „Damit wären die Vögel außer Gefahr! Die Katzenbrut geht leer aus!“

Ich stöhnte auf. Was war bloß in ihn gefahren?

„Bist du völlig verrückt geworden?“, rief Louisa. „Komm, Brit! Wir hauen ab!“

„Pech gehabt, ihr lieben kleinen Schmusekätzchen!“, rief Frankie übermütig. „Hier gibt’s nichts mehr für euch zu holen! Fliegt weg, Vögelchen. Fliegt schnell davon!“ Mit rudernden Armen lief er im Kreis durch den Garten. „Jetzt kann euch nichts mehr geschehen.“

„Was man von euch nicht behaupten kann!“, zischte eine Stimme hinter uns.

Ich hielt erschrocken die Luft an und fuhr herum – Mrs Marder!

„Ich habe euch gewarnt!“, schrie sie.

Kapitel 9

Drohend kam Mrs Marder näher. Das grüne Tuch, das sie um ihren Kopf geschlungen hatte, flatterte im Wind.

„Du da!“, kreischte sie.

Meinte sie etwa mich?

„Lauft!“, rief ich. „Schnell weg von hier!“

Louisa, Frankie und ich ergriffen die Flucht. Wir rannten und rannten, bis wir die Einfahrt der Davidsons erreicht hatten.

Dort umschlang ich einen Baumstamm, um mich abzubremsen, und versuchte, wieder zu Atem zu kommen

„Habt ihr ihren Blick gesehen?“, keuchte ich.

„Ja, klar.“ Louisas Stimme zitterte. „Ich bin halb tot vor Angst, Brit! Wäre es nicht besser, Mrs Davidson zu erzählen, was passiert ist?“

Jeff wartete schon mit ziemlich selbstgefälliger Miene auf den Eingangsstufen. Als er uns sah, drückte er gleich auf den Klingelknopf.

Mrs Davidson öffnete die Tür. Heute trug sie ein hellgrünes T-Shirt zu einer dunkelgrünen Jeans. „Hallo!“, begrüßte sie uns. „Kommt rein! Max platzt fast vor Ungeduld. Er hat die Karten schon in der Hand.“

„Mrs Davidson, könnten wir vorher noch etwas mit Ihnen besprechen?“, fragte Louisa. „Wir brauchen Ihren Rat.“

„Ja, sicher. Kein Problem.“ Auf Mrs Davidsons Gesicht machte sich Besorgnis breit. „Wo drückt denn der Schuh?“

„Kennen Sie das Haus gleich hinter Ihrem?“, fragte Louisa, während wir ins Wohnzimmer gingen.

Mrs Davidson nickte. „Das Marder-Haus.“

„Mrs Marder ist eine alte Hexe!“, platzte ich heraus.

„Ach, die arme Frau!“ Mrs Davidson seufzte. „Alle Welt redet schlecht über sie. Aber sie ist nicht böse. Sie legt nur keinen großen Wert auf ihre äußere Erscheinung, das ist alles.“

„Und was ist mit den Gerüchten, die über sie im Umlauf sind?“, wandte ich ein.

Mrs Davidson schüttelte den Kopf. „Ihr dürft solch hässlichen Klatsch nicht für bare Münze nehmen. An all diesen Geschichten ist doch nichts Wahres dran. Ganz besonders nicht an der mit den Kindern, die eines Tages heimlich in ihren Garten eindrangen ...“

„Was ist das denn für eine Geschichte?“, fragte Louisa. „Die kenne ich noch gar nicht.“

„Ach, es ist nicht der Rede wert. Ein lächerliches Gerücht, sonst nichts.“ Mrs Davidson zog die Stirn kraus. „Ich sollte lieber den Mund halten. Es ist unfair, Gerüchte über andere Leute zu verbreiten.“

„Bitte erzählen Sie uns die Geschichte“, bettelte ich. „Bitte!“

Mrs Davidson seufzte wieder. „Na schön, was soll's“, gab sie sich geschlagen. „Aber vergesst nicht – es ist nur ein Gerücht, nichts weiter, und ein besonders albernes obendrein.“

Da war ich mir längst nicht so sicher.

„Eines Tages“, begann Mrs Davidson, „so sagt man, schlichen sich vier Kinder in Mrs Marders Garten. Sie waren sieben oder acht Jahre alt, also noch zu klein, um es besser zu wissen. Sie zertrampelten ihre Lieblingsblumen. Als Mrs Marder sah, was die kleinen Eindringlinge angerichtet hatten, geriet sie vor Zorn so außer sich, dass sie die Kinder mit einem Fluch belegte.“

„Mit einem Fluch?“ Mein Herz klopfte wild. „Was für ein Fluch?“

„Ach, das Ende ist viel zu albern, um sich damit aufzuhalten.“ Mrs Davidson wandte sich zur Tür. „Gehen wir jetzt lieber zu Max. Er wartet schon ungeduldig auf euch.“

„Nein!“, rief ich. „Ich meine, bitte erzählen Sie uns, wie die Geschichte ausgeht. Bitte!“

Mrs Davidson schaute uns nacheinander an. „Na schön, wie ihr wollt. Wahrscheinlich hört jeder ab und zu mal ganz gern eine Schauergeschichte. Denkt aber dran – es ist nur ein Gerücht."

Wir nickten alle, gespannt auf den Rest der Geschichte. Gleichzeitig fürchteten wir uns aber auch davor.

„Mrs Marder verjagte die Kinder aus ihrem Garten", fuhr Mrs Davidson fort. „Aber von diesem Moment an hatten sie keine ruhige Minute mehr. Wohin sie auch gingen, immer folgten ihnen unheimliche kleine Männchen. Diese Männchen fielen immer wieder über die Kinder her und machten ihnen das Leben zur Hölle."

Alle Farbe wich aus Frankies Gesicht. Er war starr vor Angst.

Auch ich hatte einen dicken Kloß im Hals.

Mrs Davidson lachte. „Ach, jetzt schaut mich doch nicht so erschrocken an!" Mrs Davidson schüttelte den Kopf. „Ihr habt nicht das Geringste zu befürchten."

„Und ob wir etwas zu befürchten haben!", rief Louisa. „Wir sind auch in ihrem Garten gewesen! Und Frankie hat eine Schubkarre umgeworfen und ihr Vogelbad mit einem Blumenkübel zerschmettert!"

Ich warf einen Blick auf Frankie. Jetzt grinste er verstohlen.

„Ich sagte doch – all das hat rein gar nichts mit der Wirklichkeit zu tun“, erwiderte Mrs Davidson, um uns zu beruhigen. „Solche Geschichten werden von irgendwelchen Spaßvögeln in die Welt gesetzt, die es witzig finden, andere Leute an der Nase herumzuführen. Euch wird nichts geschehen.“

Aber es gelang ihr nicht, uns zu beruhigen. Beunruhigt schauten wir sie an – alle außer Jeff. Er wirkte keineswegs ängstlich, sondern eher triumphierend. So, als wollte er sagen: „Hab ich euch nicht gewarnt?“

Mrs Davidson dachte kurz nach. „Jetzt passt mal auf“, brach sie schließlich das Schweigen. „Was haltet ihr davon, wenn ich Mrs Marder anrufe und ihr sage, dass es euch aufrichtig Leid tut? Ich werde ihr auch erzählen, wie nett ihr zu Max seid. Dann wird sie bestimmt nicht mehr böse auf euch sein.“

„Das wollen Sie wirklich für uns tun?“, fragte ich erleichtert.

„Ja, und zwar jetzt gleich.“ Mrs Davidson stand auf und ging in die Küche, zog jedoch die Tür hinter sich zu.

Wenig später hörte ich sie sprechen. Ich konnte

zwar nichts verstehen, aber schon der Klang ihrer Stimme hob meine Stimmung enorm.

Lächelnd kam Mrs Davidson zurück. „Ich habe Mrs Marder ausgerichtet, was wir besprochen haben“, berichtete sie. „Eure netten Besuche bei Max habe ich auch nicht vergessen.“

„Ist sie noch wütend auf uns?“, stieß ich hervor.

„Na ja, ein bisschen schon“, gab Mrs Davidson zu. „Aber lasst euch deswegen keine grauen Haare wachsen. Sie wird sich schon wieder beruhigen. Als ich ihr anbot, die Pflanzen zu bezahlen, wollte sie nichts davon wissen. Aber ich habe ihr zugesichert, dass so etwas nie wieder vorkommen wird. Und jetzt ab mit euch – Max wartet!“

Ich folgte meinen Freunden durch den Flur zu Max’ Zimmer. Mrs Davidson war ein richtiger Schatz. Ich war ihr wirklich wahnsinnig dankbar, dass sie bei Mrs Marder angerufen und versucht hatte, die Wogen zu glätten! Ich fühlte mich entschieden besser, auch wenn Mrs Marder immer noch ein bisschen böse war. Wenigstens wusste sie jetzt, dass es uns Leid tat.

Max saß schon am Tisch und mischte die Karten. Als wir das Zimmer betraten, schaute er auf. Die Ringe unter seinen Augen erschienen mir noch eine Spur dunkler als beim letzten Mal.

„Hallo, Max!“ Ich setzte mich auf den Stuhl neben ihm. „Hör mal“, sagte ich leise, „können wir heute nicht was anderes machen als Karten spielen?“

Max blickte mich aus seinen blassblauen Augen an. Dann schüttelte er den Kopf. „Nein. Wir spielen Karten“, bestimmte er. „Deshalb kommt ihr doch her.“

„Oh nein, wir kommen nicht her, um Karten zu spielen, Max. Wir kommen her, um dir Gesellschaft zu leisten, weil du krank bist und Freunde brauchst“, widersprach ich. „Gib dir einen Ruck, ja? Ich habe keine Lust mehr auf Kartenspiele.“

Ein Lächeln erschien auf Max’ Gesicht. Aber dann schob er nur die Karten zu mir herüber. Ich sollte abheben.

Während er austeilte, glaubte ich ihn flüstern zu hören: „Ich auch nicht.“ Doch als ich ihn dann überrascht ansah, schaute er starr an mir vorbei.

Unsere Karten nahmen wir erst, als alle ausgeteilt waren. Wir hatten unsere Lektion von Mrs Davidson gelernt.

Eine nach der anderen ging ich meine Karten durch. Nachdem ich etwa die Hälfte durchgesehen hatte, zuckte ich heftig zusammen.

Ein gellender Schrei zerriss die Stille – so laut, dass ich meine Karten fallen ließ und mir die Ohren zuhielt.

Der Schrei schien nicht enden zu wollen, er wurde lauter und immer lauter.

Dann brach er ab. Ganz plötzlich.

Ich hörte Louisas Stimme. „Nein!“, rief sie. „Nehmt das scheußliche Ding weg!“ Angewidert schleuderte sie eine Spielkarte von sich.

Die Karte landete mit dem Bild nach oben auf dem Tisch.

Die abstoßende Fratze eines Jokers blickte uns entgegen! Er unterschied sich von der Karte, die Frankie beim letzten Mal bekommen hatte. Dieses Exemplar hatte ein grünes Gesicht und kleine, blutunterlaufene Augen. Seine Mundwinkel waren nach unten gezogen. Er wirkte boshaft und verschlagen.

Die grüne Kappe mit den Glöckchen kannten wir bereits. Auch er hielt einen Stock in der Hand – geschmückt mit einem Schädel mit rot glühenden Augen!

Ich konnte den Blick nicht von der hässlichen Fratze losreißen.

Mir saß der Schreck noch in allen Gliedern, als er plötzlich die Lippen bewegte.

Ein gemeines Grinsen erschien auf seinem Gesicht. Der Joker rollte wild mit den Augen, dann riss er den Mund auf, um erneut einen entsetzlichen Schrei auszustoßen ...

KAPITEL 10

Plötzlich erschien Mrs Davidson in Max' Zimmer.

„Was ist los?", erkundigte sie sich besorgt. „Wer hat hier so geschrien?"

„Das Ding da!", jammerte Louisa. Sie zeigte auf die Spielkarte.

„Der Joker?", fragte Mrs Davidson ungläubig. „Du meinst, die Spielkarte hat geschrien?"

Louisa nickte.

„Unsinn! Du weißt genau, dass das nicht möglich ist. Ihr seid bloß durcheinander, weil das Bild so abstoßend ist."

Sie steckte die Karte in ihre Hosentasche. „Es ist mir ein Rätsel, wie die Karte in den Stapel geraten ist. Ich dachte, ich hätte sämtliche Joker entfernt. Tut mir Leid, den hier muss ich wohl übersehen haben."

Während sie das Kartenspiel sicherheitshalber noch einmal durchging, schaute ich ihr über die Schulter. „Entwarnung, es ist kein Joker mehr dabei." Lächelnd gab sie Max die Karten zurück.

„Ich will nicht weiterspielen", sagte Louisa, sobald Mrs Davidson den Raum verlassen hatte. „Max, lass uns doch was anderes machen!"

Doch Max beachtete sie nicht. Er mischte mehrmals hintereinander. Dann bat er Jeff abzuheben und teilte die Karten aus. Jeder nahm sein Blatt auf. Was sollten wir auch sonst tun?

Sofort setzte das entsetzliche Geschrei wieder ein!

„Nehmt ihn weg!", rief Louisa, warf ihre Karten auf den Tisch und sprang auf. „Er ist wieder da!", kreischte sie. „Er hört nicht auf zu schreien!"

Tatsächlich – es war der Joker!

Deutlich sichtbar lag die Karte auf dem Tisch – und es bestand kein Zweifel, dass die Schreie vom Joker kamen!

Benommen starrte ich in das grauenhafte Gesicht, auf den weit aufgerissenen Mund, der immer weiter schrie!

Wie war das möglich? Wie war der Joker zurückgekommen? Und wieso konnte eine Spielkarte *schreien*?

Plötzlich trat wieder Stille ein.

Ich schaute von Louisa zu Jeff und zu Frankie. Louisa und Jeff ließen die Karte nicht aus den Augen. Aber Frankie wirkte cool, fast belustigt.

Dann hörte ich ein anderes Geräusch.

Ssssssss!

Mein Blick huschte zum Fenster. Vor Max' Fenster saß eine schwarze Katze.

Sie drehte den Kopf und starrte mich an. Ihre grünen Augen funkelten böse.

Im gleichen Moment begriff ich.

„Mrs Marder steckt hinter allem!“, rief ich und warf meine Karten auf den Tisch. „Sie steuert die Joker! Sie ist für alles verantwortlich, was hier passiert!“

Jetzt starrten mich alle an.

Dann lachte Frankie wie ein Wahnsinniger.

„Das ist kein Witz!“, brüllte ich. „Es ist die Wahrheit. Da ist eine ihrer Katzen! Seht doch selbst!“ Ich zeigte zum Fenster.

Aber die Katze war verschwunden.

„Sie war gerade noch da!“, rief ich verzweifelt. „Hat sie denn keiner von euch gesehen?“

Jeff, Louisa und Max schüttelten den Kopf. Und Frankie fing wieder an zu lachen.

„Ich weiß genau, dass Mrs Marder hinter den Kulissen die Fäden zieht“, erklärte ich laut und hitzig.

„Du liebe Zeit.“ Mrs Davidson kam wieder herein und hob den Joker vom Tisch auf. „Die Karte muss sich hinter einer anderen versteckt haben“, sagte sie halblaut.

Sie wandte sich an Louisa. „Hast du so geschrien, Kleines? Hast du die Nerven verloren, als du dieses schreckliche Ding gesehen hast?“

Mrs Davidson blickte auf die Karte in ihrer Hand und schüttelte sich. „Das wundert mich nicht."

„Ich ... ich habe nicht geschrien", stammelte Louisa. „Das war die Karte!"

„Was habt ihr Kinder für eine blühende Fantasie!" Mrs Davidson schüttelte lächelnd den Kopf. Dann ging sie hinaus.

„Ihr habt es doch gehört!", regte sich Louisa auf. „Ihr habt gehört, wie er geschrien hat, oder?" Sie wandte sich Jeff und Frankie zu.

„Ja, klar." Jeff lachte. „‚Die schreiende Karte'. Ein guter Witz, Louisa."

Frankie war unsicher. „Es klingt zwar verrückt, aber ..." Er verstummte.

„Max?", hakte Louisa nach. „Du hast es doch gehört, oder?"

„Ich habe die Schreie gehört", erwiderte Max sachlich. „Genauer gesagt, ich habe deine Schreie gehört."

Aber Louisa hatte nicht geschrien. Das war so sicher wie das Amen in der Kirche.

Der Joker hatte geschrien – und Mrs Marder mit ihrer Schwarzen Magie hatte das alles eingefädelt. So viel stand für mich fest.

Ich musste es nur noch irgendwie beweisen ...

„Danke, dass du mitgekommen bist, Brit", sagte Louisa. Nachdem wir uns von Max verabschiedet hatten, waren wir zu ihr nach Hause gegangen. Wir standen jetzt in der Küche, wo wir nach etwas Essbarem suchten. „Die Konferenz meiner Mutter dauert mindestens noch bis acht Uhr“, fuhr sie fort. „Den Gedanken, allein in ein leeres Haus zu kommen, konnte ich heute Abend einfach nicht ertragen. Dazu ist zu viel passiert.“

Ich erzählte Louisa von Frankies Sturz im Schulkorridor und von dem karoförmigen Zeichen an seinem Arm. „Wir müssen irgendwas tun!“, sagte ich zu ihr. „Hinter alldem steckt Mrs Marder, das weiß ich genau. Ich kann es förmlich riechen.“

Louisa war ganz blass geworden. „Ich will nicht mehr darüber reden“, antwortete sie. „Es macht mir zu viel Angst. Wie wär's, wenn ich die neue *Sugar* hole? Wir könnten sie zusammen durchblättern, um uns ein bisschen abzulenken.“

Louisa lief nach oben in ihr Zimmer, während ich den Aludeckel von einem Jogurtbecher riss. Ich aß einen Löffel, dann erstarrte ich.

Sssssssss!

Ich horchte angestrengt.

Sssssssss!

Da war es schon wieder. Das Geräusch kam von oben.

Ich sprang auf und stürzte zur Treppe.

Das Zischen verwandelte sich in Rasseln.
„Louisa!“, rief ich panisch.
Louisa antwortete mit einem verzweifelten Aufschrei!
Wie der Blitz rannte ich die Treppe hoch.
Aber auf halber Strecke kam Louisa mir entgegen. Sie fiel kopfüber die Treppe hinunter!
„Louisa!“, kreischte ich, als sie gegen mich prallte.
Ich brauchte eine Weile, um mich von dem Zusammenstoß zu erholen. Noch ganz benommen setzte ich mich auf und erblickte drei kleine Gestalten, die bis auf die grünen Mützen von Kopf bis Fuß in Schwarz gehüllt waren.
Sie flitzten die Treppe hinunter, sprangen über uns hinweg und stießen die Haustür auf.
Sofort waren sie in der Dunkelheit verschwunden.

KAPITEL 11

„Oh Gott!“, stöhnte Louisa. „Ich hab mir den Knöchel verstaucht.“

Ich half ihr aufzustehen. Sie humpelte ins Wohnzimmer und ließ sich aufs Sofa fallen.

„Diese Wesen – sie sind wie aus dem Nichts aufgetaucht. Plötzlich standen sie da – direkt vor meiner Nase!“

„Ich ... ich hab sie auch gesehen.“ Meine Stimme zitterte.

„Sie haben sich auf mich gestürzt und mich die Treppe runtergestoßen!“, schluchzte Louisa.

„Mrs Marder“, flüsterte ich. „Sie ist schuld daran. Genau wie in der Geschichte von den Kindern, die Mrs Davidson uns erzählt hat. Ihnen ist dasselbe passiert. Was für ein Albtraum!“

„Es ist noch viel schlimmer als ein Albtraum!“, jammerte Louisa. „Es ist die Wirklichkeit! Eins von diesen Wesen hat etwas zu mir gesagt.“

„Was denn? Louisa, was hat es gesagt?“, fragte ich nach.

Louisa schloss die Augen, um sich zu konzentrieren. Dann wiederholte sie, was sie ihr mitgeteilt hatten: „‚Mit jedem Tag wächst ihre dunkle Macht.‘ Ja, das war’s.“

Mit jedem Tag wächst ihre dunkle Macht ... Ich wiederholte die Worte in Gedanken. Was hatte das zu bedeuten?

„Brittany, ich halt's nicht mehr aus! Ich sterbe noch vor Angst!" Louisa bedeckte ihr Gesicht mit den Händen.

Mir stockte der Atem.

„Louisa! Dein Arm!"

Louisa blickte auf ihren linken Unterarm. „Nein!", schrie sie. „Nein!"

An ihrem linken Handgelenk prangte ein Bluterguss in der Form eines schwarzen Kreuzes.

Sie begann, wie verrückt daran zu reiben. Aber das Kreuz blieb unverändert – als wäre es in ihre Haut tätowiert.

Ich lief in die Küche, um Papier und Bleistift zu holen. Zuerst schrieb ich auf, was Frankies Angreifer zu ihm gesagt hatten, dann fügte ich noch Louisas Botschaft hinzu.

„Hör dir das an", sagte ich zu ihr. Aufgeregt las ich vor:

‚Grimmig schütteln wir den Schädel:
Du sollst deine Schuld begleichen.
Gellend lachen wir und schreien –
Sieh dich vor, du trägst das Zeichen.
Mit jedem Tag wächst ihre dunkle Macht ...‘

Deine Zeile gehört zu dem Vers! Er geht bestimmt noch weiter“, sagte ich.

Louisa zuckte die Achseln. „Ich weiß nicht, was das alles bedeuten soll.“

„Ich auch nicht“, gab ich zu. „Aber irgendeinen Sinn muss es haben!“ Ich starrte auf die Zeilen. „Warte mal – der Schädel. In den Sockel von Mrs Marders Vogelbad ist ein Totenschädel gemeißelt. Hast du den gesehen?“

Louisa schüttelte den Kopf. „Moment mal ...“ Dann legte sie die Stirn in Falten. „Ich hab's! Die Karte mit dem Joker! Er hatte einen Stab in der Hand – und an seiner Spitze steckte ein Totenschädel!“

„Ja, richtig!“ Ich klatschte in die Hände.

Endlich kamen wir weiter.

Ich nahm mir die nächsten Zeilen vor. „‚Gellend lachen wir und schreien – sieh dich vor, du trägst das Zeichen!‘ Das Zeichen – das müssen die Kreuze und die Karos sein“, kombinierte ich.

Langsam setzte sich das Puzzle zusammen.

„Als wir das erste Mal bei Max waren, bekam Frankie einen Joker“, dachte ich laut. „Auf dem Heimweg hörten wir dann die Geräusche, ein Zischen und Rasseln – und einen Schrei. Anschließend wurde Frankie zu Boden geworfen, und das Kreuz erschien an seinem Arm.“

Louisa nickte.

„Heute hast du den Joker gekriegt“, fuhr ich fort. „Wir haben ein Zischen und Rasseln gehört, einen Schrei – und du wurdest von der Treppe gestoßen.“

„Aber warum?“, flüsterte Louisa. „Warum passieren ausgerechnet uns all diese Dinge?“

„Verstehst du denn nicht? Mrs Marder hat uns mit einem Fluch belegt!“, rief ich. „Sie sagte, wir würden alle dafür bezahlen! ‚Du sollst deine Schuld begleichen.‘ Das sagt doch auch der Vers. Und Mrs Marder ist durch und durch böse. Sie hat übernatürliche Kräfte!“

Louisa verzog das Gesicht, als wollte sie in Tränen ausbrechen. „Was sollen wir denn jetzt machen?“

„Wir müssen ihr das Handwerk legen“, erklärte ich.

„Und wie?“, wollte Louisa wissen.

„Das weiß ich auch nicht“, gab ich zu. „Noch nicht. Aber mir wird schon was einfallen.“

In diesem Moment kam Louisas Mum nach Hause. Kurz darauf verabschiedete ich mich.

Ich wohne nur wenige Blocks von Louisa entfernt, aber mir war doch beklommen zu Mute, als ich in die Dunkelheit hinausging. Vor mir lag noch ein Wegstück durch ein kleines Wäldchen.

Und als ich in die Schatten der Bäume eintauchte, hatte ich eine Gänsehaut.

Plötzlich hörte ich ein Rascheln im Unterholz.

Von Angst überwältigt fuhr ich herum.

Hinter einem Strauch rührte sich etwas. Etwas Grünes blitzte auf. Die Spitze einer grünen Mütze!

Entsetzt sah ich, wie die grüne Mütze langsam aus dem Gebüsch auftauchte.

Aber es war gar keine grüne Mütze. Es war ein grünes Tuch – das Tuch von Mrs Marder!

Sie sah mich an.

Dann verzog sich ihr Mund langsam zu einem teuflischen Grinsen.

Kapitel 12

„Bin ich froh, dass heute Samstag ist!“, rief ich, als ich Jeff den Ball zuspielte. „Keine Kartenfolter bei Max! Wir haben frei!“

Wir spielten Basketball in meiner Einfahrt – Louisa und Frankie gegen Jeff und mich.

„Wie wär’s mit einer kleinen Pause?“, schlug Louisa vor. „Mein Knöchel macht sich allmählich bemerkbar.“

Wir setzten uns ins Gras neben der Einfahrt. Unser Haus liegt auf der Kuppe eines hohen, ziemlich steilen Hügels. Eine Zeit lang ließen wir schweigend unsere Blicke über Shadyside wandern.

„Nur noch drei Besuche bei Max“, sagte ich schließlich.

Jeff warf mir einen komischen Blick zu. „Max ist doch ganz in Ordnung. Wieso kannst du ihn eigentlich nicht leiden?“

„Ich habe nichts gegen Max!“, protestierte ich. „Mir geht bloß das ewige Kartenspielen auf die Nerven.“

Nach kurzem Zögern rückte ich damit heraus, was mir wirklich auf den Nägeln brannte. Seit ich

Mrs Marder in dem Wäldchen begegnet war, schmiedete ich eifrig Pläne. Dies war die Gelegenheit, die anderen einzuweihen.

„Ich glaube, wir müssen uns in Mrs Marders Haus schleichen. Wir brauchen Beweise, dass die Joker mit ihr im Bunde sind!“, verkündete ich.

Jeff schüttelte den Kopf. „Mrs Marder hat damit nichts zu schaffen. Sie könnte keiner Fliege was zuleide tun.“

Seine Einstellung fing an, mich zu ärgern. „Woher willst du das wissen, Jeff?“, fuhr ich ihn an. Wütend verschränkte ich die Arme vor der Brust. „Wieso verteidigst du Mrs Marder andauernd? Weißt du irgendetwas, von dem wir keine Ahnung haben?“

Jeffs Gesicht verfinsterte sich. Er hob den Ball auf und zielte wütend auf den Korb. Was für ein Wurf! Der Ball prallte von der Hauswand ab und flog auf die Straße.

„Ich hole ihn!“ Frankie sprang auf und rannte den Hügel hinunter. Schon bald war er aus unserem Blickfeld verschwunden.

„Tut mir Leid“, murmelte Jeff. Er setzte sich wieder ins Gras. „Hör zu“, begann er. „Ich kann’s dir erklären ...“

„Psst!“, unterbrach ihn Louisa. „Horcht mal!“

Im gleichen Moment hörte ich es auch.

Sssssss.

Ich sprang auf. „Das Zischen!"

Panisch blickte ich mich nach allen Seiten um und hielt Ausschau nach einer schwarzen Katze – oder einem kleinen Jungen mit einer grünen Mütze.

Aber ich konnte weder das eine noch das andere entdecken.

Dann begriff ich.

„Frankie!", stieß ich hervor.

Ich rannte den Hügel hinunter. Jeff folgte mir dicht auf den Fersen.

Das Zischen wurde lauter.

Dann setzte das Rasseln ein.

Am Fuß des Hügels bogen vier kleine Jungen auf Fahrrädern aus einer Seitengasse auf die Hauptstraße ein – vier kleine Jungen ganz in Schwarz. Nur ihre Mützen waren grün.

Die Mützen ...

Endlich zählte ich zwei und zwei zusammen.

„Was haben die Kids da drüben vor?", fragte Jeff.

„Das sind keine Kinder!", rief ich und rannte noch schneller. „Erkennst du sie nicht? Es sind die Joker! Die schrecklichen Joker aus dem Kartenspiel!"

Wir mussten Frankie unbedingt warnen. „Pass

auf, Frankie!“, schrie ich, so laut ich konnte. Aber Frankie jagte nichts ahnend dem Ball hinterher.

Er hörte mich nicht. Und er sah auch nicht, dass die Joker direkt auf ihn zusteuerten.

Das Zischen und Rasseln schwoll an.

Frankie bückte sich, um den Ball aufzuheben.

Ein vibrierendes Brummen erfüllte die Luft. Waren das etwa auch die Joker?

Nein! Ein gewaltiger Truck kam die Straße entlanggebraust!

Die Joker hörten es auch. Sie traten wie wahnsinnig in die Pedale und fuhren Frankie einfach über den Haufen.

Durch den Aufprall wurde er hoch in die Luft geschleudert. Er landete auf der Fahrbahn und bewegte sich nicht mehr.

Jetzt hätte der Truck-Fahrer mit aller Macht auf die Bremse treten müssen. Aber er tat es nicht.

Stattdessen gab er zusätzlich Gas.

„Neeeiiin!“, brüllte ich. „Halt!“

Der Truck raste direkt auf Frankie zu – und Frankie war ihm schutzlos ausgeliefert ...

Kapitel 13

Starr vor Schreck blieb ich stehen.

Wie in Zeitlupe sah ich den Truck mit voller Kraft auf Frankie zubrausen.

Aber im allerletzten Moment kreischten dann doch die Bremsen.

Der Fahrer hatte Frankie endlich entdeckt und versuchte, das Monster aus Metall und Gummi zu stoppen!

Die Reifen quietschten auf dem Asphalt. Dann kam der Truck rumpelnd zum Stehen, nur knapp einen Meter von Frankie entfernt.

Der Fahrer stieß die Tür auf und sprang auf die Fahrbahn. Jeff und ich kamen gleichzeitig mit ihm bei Frankie an. Wir gingen alle neben ihm in die Knie.

Frankie war bewusstlos, atmete jedoch.

„Wie ist das passiert?“, fragte der Fahrer.

„Er wurde von einem Rad angefahren“, erklärte Jeff.

In diesem Moment schlug Frankie die Augen auf. Stöhnend setzte er sich auf.

„Mann, das war aber knapp.“ Der Fahrer schüttelte den Kopf.

Frankie ließ nicht zu, dass wir einen Krankenwagen riefen. Nachdem der Truck-Fahrer sich vergewissert hatte, dass ihm nichts fehlte, verabschiedete er sich und fuhr davon.

Jeff und ich halfen unserem Freund auf und brachten ihn zum Gehsteig. Inzwischen kam auch Louisa humpelnd den Hügel hinunter.

„Was ist passiert?“, rief sie.

„Die Joker haben Frankie angegriffen!“, berichtete ich. „Und um ein Haar wäre er von einem Truck überfahren worden!“

„Frankie, dein Arm!“ Louisa schlug die Hand vor den Mund.

Ich zuckte zusammen.

Neben dem Kreuz und dem Karo war ein neues Zeichen aufgetaucht: ein Pik.

Ich fuhr zu Jeff herum. „Siehst du es *jetzt*?“, rief ich.

Jeff antwortete nicht. Aber aus seinen Augen sprach nun Angst.

„Jetzt fehlt mir nur noch das Herz.“ Frankie sprach so leise, dass man ihn kaum verstehen konnte. Er fuhr nachdenklich mit dem Finger über das Pik-Symbol.

„Haben die Joker irgendwas zu dir gesagt?“, wollte ich wissen.

„Ja.“ Er nickte. „Wirst spielend leicht in ihren Bann gebracht.“

Ich packte Louisas Arm. „Siehst du? Ich hatte Recht. Mrs Marder steckt dahinter! Sie will Rache. Hört euch das Ganze nochmal im Zusammenhang an:

‚Grimmig schütteln wir den Schädel:
Du sollst deine Schuld begleichen!
Gellend lachen wir und schreien –
Sieh dich vor, du trägst das Zeichen.
Mit jedem Tag wächst ihre dunkle Macht,
Wirst spielend leicht in ihren Bann gebracht.‘

Versteht ihr? Die Joker sind Teil ihres Fluchs!“, rief ich. „Ihre Handlanger! Sie haben es auf uns abgesehen, und mit jedem Mal werden es mehr. Mit einem fing es an. Diesmal waren es schon vier. Beim nächsten Mal werden es fünf sein – und immer so weiter! Wir müssen Mrs Marder aufhalten, wir müssen ihren Bann brechen!“

„Jetzt mach mal halblang“, sagte Jeff. „Komm wieder runter, Brittany. Du verstehst das alles völlig falsch. Ich wollte es dir ja vorhin erzählen: Ich kenne Mrs Marder.“

Mir fehlten die Worte. „Ach ja?“, stieß ich schließlich hervor. „Und wieso hast du nie was gesagt?“

Jeff zuckte die Achseln. „Ich bringe ihr manchmal Lebensmittel vom Supermarkt. So gut kenne ich sie also auch nicht. Aber immerhin gut genug, um zu wissen, dass an den Gerüchten nichts dran ist. Sie ist zwar oft schlecht gelaunt, aber eine Hexe ist sie nicht. Und dass sie hinter den Angriffen der Joker steckt, ist blanker Unsinn."

Ich musterte Jeff misstrauisch. Warum hatte er uns vorher nie von seiner Bekanntschaft mit Mrs Marder erzählt?

Und noch etwas: Warum war er nicht mit uns durch ihren Garten gegangen? Und wieso hatte er eigentlich so lange gebraucht, um zuzugeben, dass die Zeichen an Frankies Arm die Symbole des Kartenspiels waren?

Stand er überhaupt auf unserer Seite? Oder war er ein Verbündeter von Mrs Marder? Das war doch die entscheidende Frage.

Ich wusste wirklich nicht, was ich glauben sollte. Aber die Geschichte mit den Lebensmitteln brachte mich auf eine Idee.

„Vielleicht steckt Mrs Marder hinter den Jokern", sagte ich langsam, „vielleicht aber auch nicht. Auf jeden Fall werden wir die Wahrheit herausfinden."

„Und wie?", fragte Louisa.

„Ganz einfach", erwiderte ich. „Wir fühlen Mrs Marder auf den Zahn."

KAPITEL 14

„Gut, wir gehen folgendermaßen vor“, sagte ich. „Jeff, am Montag nach der Schule lieferst du eine Tüte mit Lebensmitteln bei Mrs Marder ab. Während du sie ablenkst, schleichen wir uns in ihr Haus und sehen uns dort um. Kann ja sein, dass wir einen Hinweis auf die Joker finden.“

„Das Ganze hat nur einen Haken“, erwiderte Jeff. „Ich habe ihr erst gestern eine Lieferung gebracht.“

Meine Zweifel an Jeff waren noch nicht ausgeräumt. Wenn er sich an unserem Plan, Mrs Marder auszuspionieren, beteiligte, dann wusste ich, dass er auf unserer Seite stand – wenn nicht, gehörte er zur anderen Seite.

„Dann musst du eben erfinderisch sein, wenn sie dir aufmacht“, sagte ich. „Lass dir was einfallen. Sag irgendwas, um sie abzulenken! Wir brauchen Zeit, um uns auf die Veranda zu stehlen und wenigstens durch die Fenster ins Haus zu spähen. Und wer weiß, vielleicht haben wir sogar Glück und können kurz reingehen.“

Jeff seufzte. „Ich finde die Idee total hirnverbrannt. Aber egal, ich bin dabei. Wenn auch nur, um zu beweisen, wie falsch ihr Mrs Marder einschätzt."

Am Montag trafen wir uns alle im Supermarkt, bevor wir zu Max weiterzogen. Vorher stand aber noch der Abstecher zu Mrs Marder auf dem Programm.

Wir legten unser Taschengeld zusammen, um Lebensmittel zu kaufen. Dann brachen wir zu unserer geheimen Mission auf.

„Alles klar, Jeff?", fragte ich, als wir vor Mrs Marders Tor standen.

Jeff nickte und nahm die Tüte mit den Lebensmitteln unter seinen linken Arm. Dann zog er das Tor auf und ging durch den Vorgarten zum Haus.

Drei Katzen sprangen von einer Fensterbank hinunter, umringten Jeff und rieben sich an seinen Beinen.

Louisa, Frankie und ich versteckten uns hinter den Sträuchern am Rand des Grundstücks. Ich schaute zu Jeff hinüber. Er drückte gerade auf die Türklingel.

Ich ließ ihn nicht aus den Augen, als er ein zweites Mal klingelte.

Schließlich drehte er sich um und formte mit den Lippen: „Sie ist nicht da."

Diese Möglichkeit hatte ich nicht eingeplant.

Bisher war Mrs Marder immer zu Hause gewesen, wenn wir vorbeikamen.

„Na gut“, sagte ich, „sie ist ausgeflogen.“ Ich holte tief Luft. „Mal sehen, ob wir sonst irgendwie in ihr Haus kommen können.“

„Ich will da nicht rein“, protestierte Louisa. „Was ist, wenn sie plötzlich zurückkommt und uns erwischt? Das ist mir viel zu gefährlich.“

„Los, kommt!“ Mit einem Satz sprang Frankie aus unserem Versteck.

Laut jubelnd lief er durch das Tor und tänzelte ums Haus herum.

„Was ist denn mit dem los? Er führt sich auf, als hätte er sie nicht mehr alle“, flüsterte ich Louisa zu und zog sie mit mir durchs Gartentor.

Die Katzen im Garten fauchten, als wir auf den Hintereingang zusteuerten. Ich drehte am Türknauf. Klick!

Jaaa! Das Glück stand auf unserer Seite: Es war nicht abgeschlossen.

Auf leisen Sohlen schlichen wir ins Haus.

Jeff schloss behutsam die Tür hinter uns. Die Tüte mit den Lebensmitteln stellte er auf den Küchentisch.

In Mrs Marders Küche drang kaum Licht. Es roch muffig, und der Fußboden war klebrig. In der Spüle stapelte sich schmutziges Geschirr. Ein welker Salatkopf thronte auf dem Küchentisch, daneben lag ein scharfes Fleischermesser.

Das Herz klopfte mir bis zum Hals: Wir waren im Haus der Hexe!

Trotz des Halbdunkels sah ich die Katzen deutlich.

Sie hockten auf den Arbeitsflächen, räkelten sich auf dem Fußboden, machten sich auf den Küchenstühlen breit.

Wohin man blickte, Katzen. Schwarze Katzen.

„Ich will hier raus!“, flüsterte Louisa.

„Reiß dich zusammen“, zischte ich und kämpfte selbst gegen die aufsteigende Panik an. „In ein paar Minuten sind wir wieder draußen. Also, beeilen wir uns! Wir müssen uns möglichst gründlich umsehen – und dann nichts wie weg!“

Während Frankie und Jeff die Küche unter die Lupe nahmen, gingen Louisa und ich einen dämmrigen Flur entlang. Überall geschlossene Türen. Katzen folgten uns auf Schritt und Tritt und schlüpften immer wieder zwischen unseren Beinen hindurch.

Vor der ersten Tür blieb ich stehen und öffnete sie einen Spaltbreit. Ein Bad. Uninteressant.

Wir nahmen uns die nächste Tür vor.

„Und wenn es ihr Schlafzimmer ist?“, flüsterte Louisa. „Was ist, wenn sie im Bett liegt?“

Louisas Panik war ansteckend. Ich konnte sie kaum verstehen, so laut pochte mein Herz.

Schließlich musste ich mich regelrecht zwingen, nach dem alten Knauf zu greifen.

Ich wollte die Tür schon aufmachen, da tauchten Frankie und Jeff auf. Frankie schubste mich zur Seite. Er lachte wie irre und lief vor mir in den Raum.

„Frankie! Was ist los mit –“, begann ich.

Ich verstummte.

Wir waren in Mrs Marders Schlafzimmer.

Ein riesiges Himmelbett stand an der Wand. Gegenüber erkannte ich eine Kommode. In die dritte Wand war ein großes Fenster eingelassen. Und davor ...

Am Fenster stand ein riesiges Teleskop!

Ich trat ein.

Auch hier wimmelte es von schwarzen Katzen, die uns mit ihren gelben Augen böse anfunkelten.

Frankie schaute durch das Teleskop. Dann drehte er sich grinsend zu mir um. „Wirf mal einen Blick durch!“ krähte er. „Du wirst begeistert sein!“

Ich hielt das Auge an die Linse – und zuckte zurück. „Ich glaub’s einfach nicht!“

KAPITEL 15

Ich erkannte ein Zimmer.

Max' Zimmer!

Das Teleskop war auf Max' Fenster gerichtet!

Als Nächste war Louisa an der Reihe, einen Blick durch das Teleskop zu werfen. Neugierig kniff sie ein Auge zu, wich jedoch gleich darauf zurück und sah uns verwirrt an.

Jeff wurde blass, als auch er durch das Teleskop schaute.

„Vielleicht hast du Recht, Brittany", flüsterte er. „Wer weiß, vielleicht hat Mrs Marder die Joker auf uns gehetzt."

„Und ob ich Recht habe! Das ist doch sonnenklar!", rief ich. „Sie spioniert uns nach! Sie beobachtet uns, wenn wir Karten spielen. Und die Joker hat sie eigens erschaffen, um ihren Racheplan auszuführen!"

„Was machen wir denn nur?", fragte Louisa kleinlaut.

„Unseren Beweis haben wir", begann ich. „Jetzt müssen wir ..."

Weiter kam ich nicht.

Plötzlich huschten die Katzen zur Tür des Schlafzimmers hinaus.

Alle auf einmal, als folgten sie einem geheimen Kommando.

„Sie ist zu Hause!“ Louisas Stimme überschlug sich. „Wir sitzen in der Falle!“

„Kommt!“, flüsterte Jeff. Auf Zehenspitzen verließen wir das Zimmer.

Gedämpft hörten wir Mrs Marders Stimme. Sie sprach zu ihren Katzen.

„Sie ist vorn an der Haustür“, flüsterte Jeff.

Lautlos ging er voran in die Küche. Zur Hintertür.

Er drehte den Knauf.

Nichts tat sich.

Er drehte noch einmal.

Wieder nichts.

Er zog und zerrte an der Tür, rüttelte sogar – vergeblich.

Die Tür war verriegelt!

Plötzlich strömten von überall her Katzen in die Küche. Sie maunzten jämmerlich.

„Was habt ihr denn, meine kleinen Schätzchen?“, fragte Mrs Marder.

Oh nein! Sie kam näher. Sie war direkt hinter den Katzen!

Mit aller Kraft riss Jeff an der Tür.

Kapitel 16

Ich packte den Türknauf mit beiden Händen und rüttelte daran. Es hatte keinen Sinn. Die Tür hielt stand.

„Tu doch endlich was!“, wimmerte Louisa. „Sie kommt!“

Plötzlich schob sich Frankie nach vorne. Als er am Türknauf drehte, schwang die Tür plötzlich auf.

„Wie hat er das gemacht?“, fragte ich mich. Aber dafür war jetzt natürlich keine Zeit. Wir stürmten ins Freie und rannten, als stünde unser Leben auf dem Spiel.

Durch Mrs Marders Garten ging es in wilder Jagd zu Max’ Haus. Ich wagte nicht, mich umzuschauen. Was sollten wir tun, wenn Mrs Marder uns verfolgte?

Jeff läutete Sturm – bis Mrs Davidson an der Tür erschien.

„Mrs Davidson!“, rief Louisa verzweifelt. „Helfen Sie uns!“

„Was ist denn los?“, fragte sie. „Ihr seid ja völlig außer Atem!“

„Das ist eine lange Geschichte“, sagte Jeff, sobald wir im Haus in Sicherheit waren. „Aber eins steht fest: Wir können nicht mehr mit Max Karten spielen."

Mrs Davidson machte große Augen. „Wieso denn nicht? Eure Besuche haben Max so aufgemuntert!"

„Weil Mrs Marder uns beobachtet, wenn wir Karten spielen!", rief ich. „Mit einem Teleskop! Und dann schickt sie uns diese grässlichen Joker, um uns zu quälen!"

Mrs Davidson zog die Augenbrauen hoch.

„Es ist wahr!", beteuerte ich. „Die Joker erscheinen nicht nur auf den Karten. Auf Mrs Marders Befehl nehmen sie Gestalt an! Sie haben Frankie und Louisa angegriffen – genau wie die Figuren in der Geschichte, die Sie uns erzählt haben!"

Mrs Davidson schüttelte den Kopf. „Deine Fantasie geht mit dir durch, Brittany. Mach dir doch nicht solche Sorgen." Sie tätschelte meine Schulter.

Fast wollte ich aufgeben. Mrs Davidson glaubte uns nicht. Und vermutlich würde uns niemand Glauben schenken. Wer sollte uns auch eine derart haarsträubende Geschichte abkaufen? Selbst mir kam das Ganze ja völlig verrückt vor.

„Vielleicht solltet ihr zur Abwechslung mal Dame spielen", schlug Mrs Davidson vor.

„Können wir heute das Wohnzimmer benutzen?“, fragte Jeff.

„Warum?“ Mrs Davidson war verblüfft.

„Wegen der Fenster“, erklärte Louisa. „Mrs Marder beobachtet uns durch das Fenster in Max’ Zimmer.“

„Oh, na schön, wie ihr wollt.“ Mrs Davidson lachte. „Auf was für Ideen ihr kommt!“ Sie ging mit uns zu Max’ Zimmer.

„Max?“ Sie beugte sich über ihn. „Hast du genug Kraft, um heute im Wohnzimmer zu spielen?“

Max schüttelte stumm den Kopf.

Ich blickte zu den Fenstern hinüber. Sämtliche Rollos waren hochgezogen. „Lassen wir wenigstens die Rollos runter“, schlug ich vor. „Dann können wir ebenso gut auch hier spielen.“

Mrs Davidson lachte wieder und machte sich dann an den Rollos zu schaffen. Danach war es so dunkel im Zimmer, dass wir die Lampen einschalten mussten. Aber wenigstens waren wir vor fremden Blicken geschützt.

„Überraschung, Max!“, verkündete Louisa, während sie das Damespiel zu seinem Bett trug. „Wir spielen heute Dame. In der ersten Runde trete ich gegen dich an.“

„Und ich spiele gegen den Sieger“, fügte Jeff hinzu.

Aber Max sagte nichts, sondern starrte nur auf das Spielbrett.

„Was hast du denn, Max?“, fragte Mrs Davidson. „Möchtest du heute nicht mal eine Ausnahme machen?“

Max schüttelte den Kopf. „Nein“, flüsterte er.

Er sah todunglücklich aus.

„Ist schon gut, Max.“ Ich seufzte. „Wenn du unbedingt willst, können wir meinetwegen auch wieder Rommee spielen.“

„Wie bitte?“, rief Louisa. „Habe ich richtig gehört?“

„Ja“, schloss Jeff sich an. „Was für ein Sinneswandel!“

Ich zuckte die Achseln.

Denn ich war nicht unvorbereitet gekommen.

Triumphierend holte ich ein nagelneues Kartenspiel aus meiner Hosentasche.

„Die Karten hier kann Mrs Marder nicht verzaubert haben“, verkündete ich, während ich Max den Stapel überreichte. „Willst du mischen?“

Max lächelte, als er die Karten nahm.

„Oh, wie schön, Kinder!“, rief Mrs Davidson. „Na, dann hat sich ja alles geklärt. Viel Spaß beim Spielen!“ Dann ging sie hinaus.

Max glitt aus dem Bett, ging langsam zum Tisch

und setzte sich. Er mischte. Louisa hob ab, und Max verteilte die Karten.

Ich lächelte triumphierend. Es gab nicht den geringsten Anlass zu der Befürchtung, dass heute jemand einen Joker ziehen würde.

Als die Karten verteilt waren, griff ich nach meinem Blatt. Ich fächerte die Karten auf und nahm die erste näher in Augenschein.

Meine Kehle war wie zugeschnürt.

Das Los war auf mich gefallen – ein Joker, noch hässlicher und abstoßender als seine Vorgänger.

Meine Hände zitterten.

Wie war das möglich? Wie konnte der Joker in mein Kartenspiel gelangen, obwohl ich es keine Sekunde aus den Augen gelassen hatte?

Kapitel 17

In meinen Ohren rauschte es. Alles um mich herum schien zu verblassen und hinter einem grauen Nebelschleier zu versinken.

Ich schüttelte mich, und kurz darauf war der Anfall vorüber. Ich starrte auf die Karte in meiner Hand. Ein Joker mit kalten gelben Augen, schlimmer als alle, die ich bisher gesehen hatte ...

Er schrie aus Leibeskräften!

„Neeiin!“, kreischte ich, um ihn zu übertönen. Ich schleuderte meine Karten von mir.

Wie hatte sie das gemacht? Wie hatte Mrs Marder es geschafft, auch meine Karten zu verhexen? Wie hatte sie uns trotz der heruntergezogenen Rollos sehen können?

An diesem Nachmittag blieben wir nicht lange bei Max. Als wir das Haus der Davidsons verließen, saß mir der Schreck noch in den Gliedern.

„Geht's dir wieder einigermaßen gut?“, erkundigte sich Jeff auf dem Weg durch die Fear Street.

„Nein!“, fuhr ich ihn an. „Mir geht's so schlecht wie noch nie in meinem Leben! Ich komme mir vor wie eine wandelnde Zielscheibe. Ich hatte den Joker! In Kürze wird mir irgendetwas Entsetzliches zustoßen. Ich warte nur noch auf das

Zischen und Rasseln und darauf, dass eine ganze Horde Joker über mich herfällt!“

„Beruhige dich, Brit“, redete Jeff mir gut zu. „Wir bleiben bei dir. Uns alle zusammen anzugreifen, werden sie nicht wagen.“

„Jetzt bringen wir dich erst mal nach Hause“, sagte Louisa. „Dann sehen wir weiter.“

Sie begleiteten mich bis zur Haustür. „Danke, Leute“, sagte ich. „Ihr seid wirklich gute Freunde.“

Aus einem unerfindlichen Grund brach Frankie in schallendes Gelächter aus.

„Frankie, hör auf damit!“ Louisa verdrehte die Augen. „In letzter Zeit kannst du einem echt auf die Nerven gehen. Du lachst bei jeder Gelegenheit, ob es passt oder nicht. Und das hier ist nicht witzig.“

„Haha! Du bist der Witz!“, sagte Frankie und fing wieder an zu lachen.

Mein Kopf dröhnte. „Halt endlich die Klappe, Frankie!“, brüllte ich. Meine Geduld war endgültig erschöpft.

Ich verabschiedete mich von den anderen und schloß die Haustür auf. „Mum?“, rief ich.

Keine Antwort.

„Mum?“ Ich schaute in der Küche nach. Keine Spur von ihr. Kein Hinweis darauf, dass sie überhaupt zu Hause war. Keine Tüte mit Lebensmitteln. Kein Topf auf dem Herd. Mein Herz schlug auf einmal doppelt so schnell.

„MUM!", schrie ich, so laut ich konnte. „Wo bist du?"

Stille.

Ich machte kehrt und lief zur Treppe. „Jimmy?", rief ich. „Jimmy, bist du da?"

Ich wollte wenigstens die Stimme meines kleinen Bruders hören.

Aber stattdessen hörte ich nur ein leises Zischen.

„Mum steht wohl unter der Dusche", redete ich mir ein. „Und das Wasser rauscht in der Leitung."

Aber das Zischen wurde lauter und verwandelte sich in das Rasseln, das ich nur zu gut kannte.

Verzweifelt hielt ich Ausschau nach einem schützenden Versteck. Mir fiel nur der Besenschrank in der Diele ein.

Ich stürzte dorthin, riss die Tür auf – und schrie.

Sie erwarteten mich schon – fünf grinsende Joker mit grünen Mützen! Sie warteten auf *mich*! Alle fünf hielten einen Stock in der Hand, auf dem ein bleicher Totenschädel steckte. Ihre Augen funkelten dämonisch.

Dann trat einer von ihnen vor. Er schwang den Stock über den Kopf und stürzte sich auf mich.

„Neeiin!“, schrie ich, stolperte und fiel. Schützend hielt ich die Arme vor den Kopf und kniff die Augen fest zusammen. Ich wollte nichts mehr sehen, nichts mehr hören. Aber es half alles nichts.

Die Joker umringten mich und schlugen mit ihren Stöcken auf mich ein.

Sie lachten und schrien dabei. Dann sangen sie:

Rot muss wie Schwarz dem Grün zu Willen sein!
Rot muss wie Schwarz dem Grün zu Willen sein!

Immer und immer wieder ...

Ich schlang die Arme fester um meinen Kopf. Die Joker rasselten wild mit ihren Stöcken und kreischten ohrenbetäubend.

Doch plötzlich brach der Lärm ab.

War es vorbei? Hatten die Joker das Feld geräumt? Vorsichtig hob ich den Kopf. Sie waren noch da! Sie hatten sich über mich gebeugt und musterten mich neugierig. Es war gespenstisch still.

„Haut ab!“, schrie ich. „Verschwindet!“

Der erste Joker streckte die Hand nach mir aus.

„Lasst mich in Frieden!“, rief ich und rollte mich zusammen.

Aber der Joker zerrte mich hoch.

Ich blickte in seine irren Augen, in denen ein unheimliches rotes Feuer leuchtete.

„W-was wollt ihr von mir?“, stammelte ich.

Der Joker starrte mich an und hob langsam den Stock – das Signal für die anderen, von neuem in höllisches Spektakel auszubrechen.

Ich hielt mir die Ohren zu, konnte den Lärm aber nicht ausschalten.

Und dann sah ich es.

Die Totenschädel schienen lebendig zu werden. Grüner Rauch quoll aus ihren Nasenlöchern. Das Gebein schien zu pulsieren und in den leeren Augenhöhlen flackerte ein roter Feuerschein.

Dann stimmten die Joker ihren grässlichen Gesang an:

‚Grimmig schütteln wir den Schädel:
Du sollst deine Schuld begleichen!
Gellend lachen wir und schreien –
Sieh dich vor, du trägst das Zeichen.
Mit jedem Tag wächst ihre dunkle Macht,
Wirst spielend leicht in ihren Bann gebracht.
Rot muss wie Schwarz dem Grün zu Willen sein …‘

Plötzlich brachen sie ab – und rannten davon.

Ich wollte aufstehen, aber meine Beine trugen mich nicht mehr. Reglos lag ich da.

Ich war nicht einmal in der Lage, mich aufzurichten, als die Haustür aufging.

„Brittany!“, rief meine Mutter, als sie mit Jimmy hereinkam. „Was machst du denn hier auf dem Fußboden?“

Ich antwortete nicht. Was hätte ich auch sagen sollen?

Mum streckte die Hand aus, um mir aufzuhelfen.

„Wo warst du, Mum?“, fragte ich leise. „Als ich nach Hause kam, war niemand da.“

„Jimmy hatte einen Termin beim Arzt“, erwiderte sie. „Ich hab's dir doch heute Morgen beim Frühstück erzählt.“

„Ach ja? Dann ... dann hab ich wohl nicht richtig zugehört.“

Eigentlich kein Wunder, dass ich es nicht mitbekommen hatte. Schon seit einer Woche hörte ich nur mit halbem Ohr hin, wenn jemand mit mir sprach, da ich in Gedanken pausenlos mit Mrs Marder und ihrer Jokerarmee beschäftigt war.

„He, Brit“, fragte Jimmy, „willst du meinen neuen Kartentrick sehen?“

„Nicht jetzt!“, fauchte ich. Karten waren das Letzte, was ich sehen wollte ...

Aber dann änderte ich meine Meinung. Ich hatte eine Idee.

„Doch, klar, Jimmy“, sagte ich. „Ich komme gleich zu dir, dann kannst du ihn mir zeigen.“

Ich wandte mich zur Treppe. „Mum, ich hab heute keinen Hunger. Ich gehe nach oben in mein Zimmer.“

Am Geländer festgeklammert, erklomm ich langsam die Stufen.

„He, Brit!“, rief Jimmy mir nach. „Was hast du da eigentlich am Arm?“

Ich sah es, wollte es aber nicht glauben.

Doch es war unverkennbar. Pechschwarz hob es sich von meiner hellen Haut ab: das Zeichen des Kreuzes.

Kapitel 18

Am nächsten Morgen in der Schule passte ich Jeff vor dem Unterricht an seinem Spind ab.

„Schau dir das mal an.“ Ich streckte meinen Arm aus und schob den Ärmel hoch.

„Oh nein! Die Joker haben dich doch erwischt! Wie ist das passiert?“

Ich berichtete ihm von meiner Begegnung mit den Jokern und vergaß auch nicht, die neue Verszeile zu erwähnen.

„Vor lauter Angst kann ich nachts kein Auge mehr zutun“, beklagte ich mich.

„Mir geht’s genauso“, sagte Jeff. „Und Frankie führt sich auf, als wäre er total durchgeknallt.“

„Ich weiß. Aber die Joker haben ihn auch schon dreimal angegriffen. Wahrscheinlich reicht das, um auszurasten.“

„Weißt du, ich habe darüber nachgedacht“, fuhr Jeff fort. „Mit jedem Zeichen, das sie ihm verpassen, scheint sich sein Zustand zu verschlimmern.“

Ich machte große Augen. „Stimmt! So habe ich es noch gar nicht gesehen – du hast völlig Recht!“

„Vielleicht sollten wir mal mit Mr Emerson reden“, schlug Jeff vor. „Zumindest müssen wir ihm sagen, dass wir Max nicht mehr besuchen wollen."

„Wir können ihn nicht einweihen", sagte ich bedrückt. „Entweder wird er uns alle für verrückt erklären, oder – noch schlimmer – er wird uns vorwerfen, wir hätten uns das nur ausgedacht, um uns vor den Besuchen bei ihm zu drücken. Dann bekommen wir wirklich Probleme mit dem Direktor."

„Du hast Recht. Dann gehen wir heute Nachmittag eben wie gewohnt wieder zu den Davidsons", sagte Jeff. „Aber diesmal weigern wir uns strikt, Karten zu spielen. Von diesem Entschluss dürfen wir uns unter keinen Umständen abbringen lassen!"

„Einverstanden", erklärte ich. „Keine Karten, keine Joker."

Normalerweise zog sich der Schultag immer endlos in die Länge. Aber ausgerechnet heute verging er wie im Flug. Ich wollte es fast nicht wahrhaben, als die Schulglocke das Ende der letzten Stunde ankündigte.

„Und wer erklärt Mrs Davidson und Max, wie die Dinge stehen?", fragte ich, als wir uns zu viert auf den Weg machten. „Wer bringt ihnen bei, dass es mit dem Kartenspielen aus und vorbei ist?"

„Ich mache das“, bot Jeff sich an. „Aber ich lasse nicht zu, dass sie uns bequatschen. Wir ziehen es durch, komme, was wolle.“

In einiger Entfernung erhob sich das Haus von Mrs Marder. Heute würden wir auf gar keinen Fall durch ihren Garten gehen, um schneller an unser Ziel zu gelangen.

Wir hasteten an ihrem Tor vorbei – beäugt von den fauchenden Katzen.

„Die fauchen heute aber laut!“ Louisa legte noch einen Zahn zu.

Sie hatte Recht. Ich hatte die Katzen noch nie so angriffslustig gehört. Und das Geräusch schien immer lauter zu werden, obwohl wir uns immer weiter von ihnen entfernten.

„Wartet mal!“, rief Louisa. „Es sind gar nicht die Katzen! Seht mal da!“

Aufgeregt zeigte Louisa auf die Sträucher vor uns.

Die Joker! Sechs Joker kamen aus den Büschen gesprungen.

Wir erstarrten.

Schon hatten sie uns eingekeilt und schüttelten dicht vor unseren Gesichtern ihre Stöcke.

Dann stimmten sie wieder ihren gruseligen Gesang an:

‚Grimmig schütteln wir den Schädel:
Du sollst deine Schuld begleichen!
Gellend lachen wir und schreien –
Sieh dich vor, du trägst das Zeichen.
Mit jedem Tag wächst ihre dunkle Macht,
Wirst spielend leicht in ihren Bann gebracht.
Rot muss wie Schwarz dem Grün zu Willen sein,
Denn unsere Königin ist sie, nur sie allein!‘

„Schnell weg hier!“, brüllte Jeff.

Wir durchbrachen ihren Kreis – und rannten, was das Zeug hielt.

Sofort nahmen die Joker die Verfolgung auf. Einer von ihnen schlug mit seinem Stock nach Louisa.

„Trennt euch!“, schrie ich.

Wir liefen in verschiedene Richtungen davon.

Ich überquerte die Straße, dicht gefolgt von Frankie. Dann schlugen wir entgegengesetzte Richtungen ein. Ich schaute mich um.

Hinter mir war niemand her.

Oh nein! Jetzt waren alle Joker Frankie auf den Fersen!

Was hatten sie mit ihm vor?

KAPITEL 19

Ich machte kehrt und lief Frankie nach. „Wir müssen Frankie helfen!“, rief ich den anderen zu.

Sofort hatten die Joker ihn gepackt. Sie hielten ihn an Armen und Beinen fest und schleiften ihn die Straße hinunter.

Obwohl er sich wehrte, schleppten sie ihn auf das freie Gelände gegenüber von Mrs Marders Haus, das Grundstück mit der tiefen Baugrube in der Mitte.

Jeff und Louisa holten mich ein. Louisa hielt ihren Arm umklammert.

„Brit! Sie haben mich erwischt!“, rief sie. „Einer der Joker hat mich am Arm getroffen – sieh mal!“

Neben dem Kreuz an Louisas Arm prangte ein Karo.

„Hilfe! Hilfe!“, ertönte Frankies Stimme.

Wir rannten los. Aber als wir das Gelände erreichten, war Frankie nirgends zu sehen. Auch die Joker waren verschwunden.

„Frankie?“, rief ich mit zitternder Stimme. „Wo bist du?“

Kaum hatte ich ausgesprochen, schossen die Joker aus dem Erdloch hervor.

Sie lachten hinterhältig und schüttelten ihre Stöcke. Dann liefen sie davon.

Louisa, Jeff und ich stürzten zu der Grube und schauten hinein. Frankie stand am Boden und hielt den Kopf gesenkt.

„Frankie!“, rief Jeff. „Du kannst raufkommen. Sie sind weg.“

Aber Frankie rührte sich nicht vom Fleck.

„Na los, Frankie. Die Luft ist rein“, redete ich ihm gut zu.

Doch Frankie reagierte nicht.

„Du machst mir Angst, Frankie!“, rief Louisa.

„Holen wir ihn rauf“, schlug Jeff vor.

Jeff kletterte selbst in die Grube hinunter und hievte Frankie an den Rand. Er stemmte den regungslosen Frankie etwas in die Höhe, und Louisa und ich beugten uns über den Rand und zogen Frankie an den Armen heraus.

„Eins, zwei, drei!“, rief Jeff.

Frankie wehrte sich zwar nicht, dachte aber auch nicht daran, uns zu helfen. Es war ein langer Kampf, bis wir ihn mit vereinten Kräften nach oben ziehen konnten.

Erschöpft ließen wir uns auf den Boden fallen.

Frankie saß nur da und starrte in die Ferne.

„Mein Gott!“, rief Louisa. „Schaut euch mal Frankies Arm an!“

Ich fürchtete mich vor dem Anblick, sah dann aber doch hin.

Ein Herz – die Farbe, die ihm noch gefehlt hatte.

„Und was passiert nun?", fragte ich mich. „Was haben die Joker wohl jetzt noch mit ihm vor?"

Frankie hob den Kopf, als hätte er meine Gedanken erraten.

Ich blickte in sein Gesicht – und schrie auf.

Seine Augen sprangen beinahe aus den Höhlen, er grinste böse, und die Zunge hing ihm aus dem Mund.

„Oh nein!", rief ich und wandte mich Hilfe suchend an Jeff und Louisa.

Blankes Entsetzen spiegelte sich auf ihren Gesichtern. Erschrocken wichen sie vor Frankie zurück.

Er schien zu schrumpfen.

Sein Körper war plötzlich in ein glänzend schwarzes Clownskostüm gehüllt. Auf dem Kopf trug er eine Mütze mit kleinen Glöckchen, an den Füßen spitze grüne Schuhe.

Sein Gesicht war völlig entstellt – den Frankie, den wir kannten, gab es nicht mehr.

Kapitel 20

Er war ein Joker!

Frankie öffnete den Mund und stieß einen markerschütternden Schrei aus!

Dann wirbelte er herum und lief lachend in Richtung Fear Street davon.

„Ihm nach!“, brüllte ich.

Wir folgten ihm die Straße entlang. Immer wieder stieß er gellende Schreie aus. Er rannte schnell. Viel schneller als wir.

Am Ende der Straße verschwand er.

Als wir endlich dort ankamen, war er weit und breit nirgends zu sehen.

„Mein Gott, wie furchtbar!“, jammerte Louisa. „Der Ärmste! Er tut mir so Leid.“

„Uns droht das gleiche Schicksal, wenn wir Mrs Marder nicht das Handwerk legen!“, warnte ich.

„Wir sollten sofort zu den Davidsons gehen und von dort die Polizei verständigen“, schlug Louisa vor.

Wir verschwendeten keine Zeit mehr und rannten los. Es war ein merkwürdiges Gefühl, ohne Frankie vor der Tür der Davidsons zu stehen. Louisa läutete.

Es tat sich nichts.

Louisa läutete noch einmal – aber niemand öffnete die Tür.

„Seltsam“, meinte Jeff. „Mrs Davidson weiß doch, dass wir kommen.“

Schließlich hämmerte ich gegen die Tür, die daraufhin langsam aufschwang. Vorsichtig steckte ich meinen Kopf durch den Spalt. „Mrs Davidson?“, rief ich.

Stille.

„Wir müssen uns beeilen“, drängelte Louisa. „Mrs Davidson wird schon nichts dagegen haben, wenn wir reingehen und die Polizei anrufen.“

„Genau“, pflichtete Jeff ihr bei. „Das ist schließlich ein Notfall.“

Also traten wir in den Flur.

„Schauen wir vorher nach, ob Max da ist“, schlug ich vor. „Er könnte in Panik geraten, wenn er im Haus fremde Stimmen hört.“

Wir liefen durch den Flur zu Max’ Zimmer. Max saß gedankenverloren in seinem weißen Pyjama im Bett und mischte seine Spielkarten.

„Max?“, sagte ich leise, um ihn nicht zu erschrecken. „Hallo!“

Er wandte sich uns zu. „Oh, hallo“, sagte er. „Wollt ihr eine Partie Rommee spielen?“

„Nein, wollen wir nicht!“, fauchte Louisa. Sie

trat an sein Bett. „Erinnerst du dich an die Joker, Max?“

Er nickte.

„Sie sind lebendig geworden und haben Frankie verschleppt“, berichtete sie. „Er hat sich vor unseren Augen in einen Joker verwandelt!“

Max’ blassblaue Augen weiteten sich vor Angst. Ich konnte nur hoffen, dass es ihm von der ganzen Aufregung nicht noch schlechter ging.

„Wir müssen mal euer Telefon benutzen“, schaltete sich Jeff ein. „Wir wollen die Polizei verständigen.“

„Das Telefon ist in der Küche, nicht wahr?“, fragte ich.

Aber Max antwortete nicht. Er murmelte nur etwas vor sich hin. Zuerst konnte ich ihn nicht verstehen, aber nach und nach gelang es mir, den Inhalt zu erraten.

„Sie war es!“, flüsterte Max. „Sie hat es getan!“

„Max!“, rief ich. „Hör auf damit! Du machst alles nur noch schlimmer!“

Max fing meinen Blick auf. „Verstehst du denn nicht, Brittany?“, fragte er leise. „Sie hat es getan! Es ist zu spät. Wir sind alle verloren. Vor ihr gibt es kein Entrinnen!“

Kapitel 21

„Max, wovon redest du?“, rief ich. „Hör doch endlich auf!“

Aber Max wiederholte stur: „Wir sind verloren. Wir sind verloren.“ Ich fragte mich schon, ob er wohl Fieber oder Wahnvorstellungen hatte.

Zum Glück erschien in diesem Moment Mrs Davidson in der Tür.

„Hallo, Kinder!“, rief sie. „Tut mir Leid, dass ich nicht da war, um euch aufzumachen. Wie ich mich freue, dass ihr wiedergekommen seid.“ Lächelnd trat sie ein.

„Mrs Davidson, wir müssen unbedingt die Polizei anrufen“, platzte Louisa heraus. „Frankie ist etwas Schreckliches zugestoßen!“

„Sie haben ihn erwischt!“, fügte Jeff hinzu. „Sie haben Frankie erwischt!“

„Wer hat ihn erwischt?“, fragte Mrs Davidson.

„Sie haben ihn erwischt!“, wiederholte Jeff nur. Er wurde immer aufgeregter.

Mrs Davidson holte erschrocken Luft. „Wurde er entführt?“

Und dann redeten wir alle gleichzeitig auf sie ein.

„Halt! Wartet!“, rief sie. „Wenn Frankie entführt wurde, dann dürfen wir keine Zeit verlieren.“

„Ja!“, riefen wir alle. „Rufen Sie die Polizei an!“

Mrs Davidson eilte hinaus.

Erleichtert sank ich auf einen Stuhl. Endlich half uns jemand!

„Sie hat es getan“, murmelte Max. „Sie hat es getan ...“

„Beruhige dich, Max“, sagte ich. „Jetzt kommt alles wieder in Ordnung.“

Max schaute mich nur ängstlich an. „Sie ist wahnsinnig, Brittany“, flüsterte er. „Das weißt du doch, oder?“

„Ich weiß, dass sie böse ist“, sagte ich. „Armer Frankie! Vielleicht ist er ja zu ihrem Haus gelaufen ...“

„Brittany!“, unterbrach Louisa mich. „Mrs Davidson weiß ja gar nicht genau, was passiert ist. Ich finde, wir sollten selbst mit der Polizei sprechen. Nur von uns können sie die Einzelheiten erfahren. Und je eher sie Bescheid wissen, umso schneller können sie Frankie helfen.“

„Klingt logisch“, sagte ich. „Ich gehe zu Mrs Davidson.“

Ich lief los. Als ich mich der Küche näherte, hörte ich Mrs Davidsons Stimme hinter der geschlossenen Tür.

„Nein, Officer“, sagte sie, „die Kinder würden mich nie und nimmer anlügen! Sie würden nie behaupten, ihr Freund sei entführt worden, wenn es nicht so wäre!“

Mrs Davidson hielt eben in jeder Situation zu uns!

Ich schob die Küchentür auf. Mrs Davidson stand mit dem Rücken zu mir am Fenster.

„Wie können Sie nur so etwas Schreckliches sagen! Ich versichere Ihnen, die Kinder nehmen es mit der Wahrheit sehr genau!“, rief sie.

Ich öffnete den Mund, um etwas zu sagen. Dann schloss ich ihn wieder. Stattdessen versuchte ich zu verstehen, was ich sah.

Aber es gelang mir nicht.

„Ja, Officer“, sagte Mrs Davidson. „Ich gebe Ihnen mein Wort.“

Mrs Davidson sprach zwar, aber sie hielt keinen Hörer in der Hand.

Das Telefon war an der gegenüberliegenden Wand befestigt, ein alter Apparat, der ganz bestimmt keine Freisprechanlage hatte.

„Könnten Sie vorbeikommen und selber mit den Kindern reden?“, fragte Mrs Davidson. „Ja, jetzt gleich. Je eher Sie kommen, desto schneller können Sie den Fall aufklären.“

Mrs Davidson sprach gar nicht mit der Polizei.

Sie war mit niemandem verbunden!

Sie führte Selbstgespräche!

KAPITEL 22

Wie gelähmt starrte ich auf Mrs Davidsons Rücken, während sie angeblich mit der Polizei sprach.

Mein Blick glitt über ihre elegante apfelgrüne Bluse ... ihre dunkelgrüne Hose ... ihre grünen Wildlederpumps ...

Mir stockte der Atem.

‚Wirst spielend leicht in ihren Bann gebracht.
Rot muss wie Schwarz dem Grün zu Willen sein,
Denn unsere Königin ist sie, nur sie allein!‘

Lautlos schlich ich aus der Küche und zog die Tür hinter mir zu.

Dann rannte ich wie der Teufel zu Max’ Zimmer. Dort angekommen, schloss ich sofort die Tür hinter mir und lehnte mich schwer atmend dagegen.

„Brittany! Was ist denn los? Du bist ja totenblass“, sagte Louisa.

„Ich – ich war gerade in der Küche“, krächzte ich. „Mrs Davidson hat mich nicht gesehen. Sie hat geredet – sie hat die Polizei um Hilfe gebeten. Aber, Louisa – das Problem ist, sie war gar nicht am Telefon! Sie hat nur so getan, als würde sie telefonieren!“

Louisa und Jeff starrten mich nur stumm an.

„Max?“, sagte ich. „Kannst du das irgendwie erklären?“

„Das versuche ich doch die ganze Zeit!“, rief Max. „Sie ist wahnsinnig!“

„Du meinst, du hast die ganze Zeit von deiner Mum gesprochen und nicht von Mrs Marder?“, fragte ich.

„Sie ist nicht meine Mum“, flüsterte Max.

KAPITEL 23

„Wie bitte?", riefen Jeff, Louisa und ich im Chor.

„Und ich bin auch nicht krank", fuhr Max fort. „Ich hatte nie eine Lungenentzündung. Ich bin ihr Gefangener. Sie benutzt mich als Lockvogel, um neue Opfer zu finden. Sie ist eine Hexe."

„Hat sie magische Kräfte?", fragte Louisa mit zitternder Stimme.

Max nickte. „Es sind die Joker, die ihr Zauberkraft verleihen. Je mehr Joker sie hat, umso größer ist ihre Macht."

„Es will mir einfach nicht in den Kopf!", rief ich. „Mrs Davidson ist so freundlich! Sie hat immer ein Lächeln für uns!" Verzweifelt stützte ich den Kopf in die Hände. „Und Mrs Marder? Anscheinend hat sie mit der Sache nichts zu tun. Stattdessen sind wir Mrs Davidson auf den Leim gegangen."

Max nickte traurig.

Dann fiel mir etwas Schreckliches ein. Ich schaute die anderen an. „Frankie! Er ist jetzt einer ihrer Geister!"

„Ja, leider", bestätigte Max. „Es ist schlimm. Sie geht immer nach derselben Methode vor. Sie schafft Schüler wie euch heran und organisiert Kartenspiele. Dann sorgt sie dafür, dass jeder mit der Zeit einen Joker zieht. Hast du einen Joker, dann lässt der erste Angriff nicht lange auf sich warten. Bei jedem Angriff hinterlassen die Joker ein Zeichen, eines der vier Kartensymbole. Sobald du alle vier Farben hast, verwandelst du dich selber in einen Joker."

„Stehen die Joker alle unter ihrer Kontrolle?", fragte ich.

Max nickte. „Sie sind ihr untertan und müssen tun, was immer sie verlangt."

„Und wie viele Kinder hat sie auf diese gemeine Weise schon in ihre Gewalt gebracht?", wollte Jeff wissen.

„Mit Frankie sind es 13", antwortete Max. „Shadyside ist jetzt schon die vierte Stadt, in der wir wohnen. Sie wird versuchen, euch alle in Joker zu verwandeln. Anschließend ziehen wir in eine andere Stadt um. Dort wird sich Mrs Davidson – unter einem anderen Namen – wieder an eine Schule wenden und den Schulleiter fragen, ob nicht ein paar Mitschüler ihren armen kranken Sohn besuchen können."

Jeff runzelte die Stirn. „Aber eins verstehe ich noch nicht, Max."

„Und was?", fragte Max.

„Welche Rolle spielst du in dieser schrecklichen Geschichte?“

Eine Zeit lang schwieg Max.

Dann streckte er den linken Arm aus und schob den Ärmel seines Pyjamas hoch. An seinem Handgelenk prangten drei Zeichen: ein Kreuz, ein Karo und ein Pik.

„Seht ihr – mir fehlt nur noch ein Zeichen, um zu einem Joker zu werden“, sagte er. „Wenn ich mich weigere, ihr zu helfen, ist mein Schicksal besiegelt. Es tut mir Leid, dass ich euch nicht gewarnt habe. Aber ich wusste einfach keinen Ausweg.“

„Wir können doch noch entkommen, oder?“, fragte ich ihn. „Wir sind noch keine Joker. Wenn wir jetzt fliehen und die Polizei holen ...“

„Brittany hat Recht“, flüsterte Louisa. „Verschwinden wir von hier – schnell! Bevor sie zurückkommt!“

„Steh auf, Max“, sagte Jeff entschlossen. „Du kommst mit uns.“

Max schlug die Decke zurück und kletterte aus dem Bett. Wir stürzten zur Tür.

Aber wir kamen nicht weit.

In der Tür stand Mrs Davidson!

Sie lächelte wieder. Aber diesmal war ihr Lächeln nicht freundlich, sondern verzerrt und ausgesprochen böse. In der Hand hielt sie ein Zepter, das mit einem Totenschädel verziert war.

„Wollt ihr ausgehen?“, fragte sie und trat ins Zimmer.

Wir wichen vor ihr zurück.

„Nein, sicher nicht“, beantwortete sie selbst ihre Frage.

„Wir ... wir müssen nach Hause“, wimmerte Louisa.

„Setzt euch!“, herrschte sie uns an. „Schön hier geblieben. Die Zeit drängt. Auf zu meinem nächsten Spiel!“

Kapitel 24

Unerbittlich bugsierte Mrs Davidson uns zum Tisch.

Das Herz schlug mir bis zum Hals, als sie mich auf einen der Stühle drückte.

Mrs Davidson ließ sich an meiner Seite nieder – auf dem Platz, den Frankie sonst eingenommen hatte.

„Du bist viel zu neugierig, Brittany“, sagte Mrs Davidson, während sie nach den Karten griff. „Steckst deine Nase laufend in Dinge, die dich nichts angehen. Wie kannst du es wagen, mich in meiner Küche zu belauschen?“

Mein Magen krampfte sich zusammen.

Blitzschnell mischte Mrs Davidson die Karten.

„Deinetwegen muss ich meine Pläne jetzt ändern und schneller vorgehen. Aber welcher Genuss wird es für mich sein, dich in den hässlichsten Joker des ganzen Spiels zu verwandeln!“

Sie kicherte heiser. „Bevor ich die Karten ausgebe, habe ich noch eine besondere Überraschung für euch.“

Mir wurde speiübel. Was denn noch?

Ihr lauernder Blick glitt von Jeff und Louisa zu mir.

„Heute habe ich ganze zehn Joker in die Karten geschmuggelt! Na, seid ihr schon nervös? Mal überlegen ... Brittany, du brauchst drei Joker. Da bleiben zwei für dich, Louisa, und vier für Jeff. Und du, Max? Du brauchst ja nur noch einen Einzigen!“

Mrs Davidson warf den Kopf in den Nacken und schüttelte sich vor Lachen. „Wenn das Spiel zu Ende ist“, fuhr sie fort, „stehen mir vier funkelnagelneue Joker zu Diensten! Wollt ihr euch schon mal einen Eindruck verschaffen, wie wunderbar ihr aussehen werdet? Da, eine kleine Kostprobe!“

Mrs Davidson präsentierte uns die Joker des Kartenspiels. Einer war abstoßender als der andere.

Der Erste hatte Zähne wie ein Vampir, dem Nächsten rann grüner Schleim aus den Mundwinkeln.

Den Allerschlimmsten kannte ich jedoch bereits. Es war der, den Max bei der letzten Partie an mich ausgeteilt hatte – der Joker mit den kalten gelben Augen.

Mit ihrem rot lackierten, langen Fingernagel tippte Mrs Davidson auf die Karte. „Schau ihn dir gut an, Brittany“, zischte sie. „So wirst du bald aussehen.“

Dann entnahm sie dem Stapel zwei Karten und schob sie in die Mitte des Tisches.

„Jetzt sind 50 Karten übrig“, sagte sie zu uns. „Das passt genau. Jeder von uns bekommt also zehn Stück.“

Sie begann, wieder zu mischen. „Zehn Joker! Mensch, wird das ein aufregendes Spiel, findet ihr nicht auch? Wisst ihr, ich bin eine Meisterin des Kartenspiels. Bei mir erhält jeder das auf ihn persönlich abgestimmte Blatt, also haargenau die richtige Anzahl von Jokern!“

Sie lachte. „Ich muss die Karten gut mischen, um das gewünschte Ergebnis zu erzielen. Du liegst mir dabei besonders am Herzen, mein kleiner Max!“ Sie blickte ihn über den Tisch hinweg an. „Mein kleiner Verräter!“

Ihre Miene wurde hart. „Du meinst wohl, ich wüsste nicht, was du deinen Freunden erzählt hast? Ich weiß alles, Max! Alles!“

Sie legte den Stapel vor mich auf den Tisch. „Da. Heb ab, Brittany.“

Ich griff nach den Karten. Aber meine Hand zitterte so sehr, dass die Hälfte des Stapels auf den Fußboden segelte.

„Du dumme, ungeschickte Göre!“, kreischte Mrs Davidson aufgebracht.

Dann holte sie mit ihrem Zepter aus ...

Kapitel 25

„Neeeiiin!“, schrie ich und warf mich auf den Boden.

Das Zepter streifte nur meinen Kopf.

Ich kroch unter den Tisch. „Lassen Sie mich in Ruhe!“, brüllte ich.

„Komm wieder hoch, und nimm die Karten!“, befahl Mrs Davidson. „Na wird’s bald!“

Ich versuchte, die Karten aufzusammeln; sie entglitten mir jedoch immer wieder. Vor lauter Angst zitterten meine Hände wie Espenlaub.

„Beeil dich!“ Mrs Davidson trat mit dem Fuß nach mir. Der grüne Absatz traf mich hart an der Schulter. „Wir haben nicht den ganzen Tag Zeit! Sobald die vier neuen Joker zu meinem Gefolge gestoßen sind, brechen wir hier unsere Zelte ab. Ja, wir ziehen endlich wieder um, Max, mein Schatz!“

Schließlich wagte ich mich aus der Deckung, nahm meinen Platz am Tisch wieder ein und hob die Karten ab.

Mit wild klopfendem Herzen beobachtete ich, wie Mrs Davidson austeilte.

Bei jeder Karte, die sie auf den Tisch knallte, zuckte ich zusammen.

Denn jede Karte konnte der Joker sein, in den ich mich verwandeln sollte.

„Jetzt nimmt jeder sein Blatt auf“, befahl Mrs Davidson.

Mein Herz schlug einen Trommelwirbel. Ich schob meine Karten zu einem sauberen Stapel zusammen, nahm sie aber nicht auf.

Ich schaute in die Runde.

Meine Freunde starrten verängstigt auf ihre Karten. Keiner nahm sein Blatt auf.

Gespannt blickte Mrs Davidson von einem zum andern. Je mehr Angst sie in den Gesichtern entdeckte, desto fröhlicher wurde sie.

„Seht eure Karten an!“, flötete Mrs Davidson.

Zögernd nahm ich mein Blatt vom Tisch.

Langsam, ganz langsam drehte ich den Stapel um – und seufzte.

Die Herz zwei.

Noch neun Karten.

Mit zitternden Fingern schob ich die Herz zwei zur Seite. Die Kreuz sechs erschien!

Verstohlen schaute ich zu den anderen. Jeff hatte schon die Hälfte seines Blatts aufgefächert. Bisher schien alles in Ordnung zu sein. Also war noch kein Joker aufgetaucht.

Louisa starrte immer noch auf ihre erste Karte. Mir gegenüber hielt Max seine Karten regungslos in den blassen Händen. Nur ein einziger Joker und er war verloren!

Mrs Davidson hatte ihr Blatt nicht einmal zusammengeschoben. Sie war viel zu begierig auf unser Entsetzen, wenn wir die Joker erblickten.

Ich holte tief Luft.

Mein Daumen lag auf der Kreuz sechs. Ich zwang mich, die Sechs zur Seite zu schieben.

Verschwommen nahm ich ein Gesicht wahr, und ein Schrei formte sich in meiner Kehle ...

Dann schaute ich genauer hin. Es war nur ein Bube, der Karobube.

„Oh Gott“, stöhnte ich erleichtert.

„Hast du einen Joker?“, kreischte Mrs Davidson. „Hast du ihn?“

„Nein“, stieß ich heiser hervor.

„Ich auch nicht“, flüsterte Louisa.

Auch Jeff schüttelte den Kopf. Max zuckte nur mit den Schultern. Er hatte nicht den Mut, in seine Karten zu schauen.

Ich blickte wieder auf mein Blatt. Ich hatte erst drei Karten aufgedeckt; fehlten noch sieben.

Wie sollte ich das noch länger durchhalten?

Als ich all meinen Mut zusammengenommen hatte, enthüllte ich die vierte Karte: Pik acht.

„Das macht überhaupt keinen Spaß!“, schrie Mrs Davidson. „Ihr verschwendet meine kostbare Zeit! Na los, beeilt euch! Der gute Ton verlangt es. Deckt sofort alle eure Karten auf!"

„Sie schauen Ihre ja auch nicht an", sagte ich. „Sie verstoßen gegen die Regeln!"

„Na schön, Brittany, das kannst du haben!", fauchte Mrs Davidson.

Wütend griff sie nach ihren Karten.

„Ich werde euch zeigen, wie man ein Blatt ordnungsgemäß öffnet", herrschte sie uns an.

Blitzschnell fächerte sie ihre Karten auf.

„Was?", schrie sie. „Das kann nicht sein! Das ist unmöglich!"

„Was ist denn?", rief Louisa.

Ein irrer Ausdruck trat in Mrs Davidsons Augen. Die Adern an ihren Schläfen schwollen an. „NEEEIIIN!", schrie sie gellend.

Ich drückte mich tiefer in meinen Stuhl.

Mrs Davidsons Gesicht wurde dunkelrot vor Wut. Sie starrte mich hasserfüllt an. Dann stand sie vom Tisch auf und schleuderte ihr Blatt von sich.

Stumm schaute ich zu, wie ihre zehn Karten durch die Luft segelten.

Ein Schweißtropfen rann über meine Stirn, als die Karten auf dem Tisch landeten.

Ich zwang mich hinzusehen.

Auf dem Tisch lagen zehn Joker ...

KAPITEL 26

Niemand rührte sich. Gebannt starrten wir auf die Joker.

Es herrschte Totenstille im Zimmer – bis das Zischen einsetzte. Zuerst schwach, kaum wahrnehmbar, dann immer lauter.

Der Lärm schwoll an, bis die Joker hereinplatzten. Sie schrien sich die Seele aus dem Leib.

Verängstigt sprangen wir auf und kauerten uns in einer Ecke des Zimmers zusammen. Aber das war eigentlich nicht mehr nötig.

Die Joker hatten es nur auf einen Spieler abgesehen: Mrs Davidson.

Sie umringten sie und schüttelten ihre Stöcke.

„Verschwindet auf der Stelle!“, brüllte Mrs Davidson. „Wollt ihr mir wohl gehorchen!“

Aber die Joker lachten nur hämisch und schrien noch lauter.

„Ihr schuldet eurer Königin Gehorsam!“, rief sie. „Tretet zurück!“

Ein Joker mit fauligen Zahnstümpfen erhob seinen Stock gegen sie.

Während die Joker ihren wilden Tanz aufführten, sah ich mir ihre Gesichter genauer an.

Welcher von ihnen war wohl Frankie? Vielleicht

war es der mit den Zahnstümpfen – er ähnelte dem Joker, den Frankie beim Kartenspielen gezogen hatte. Aber in dem abstoßenden Gesicht erinnerte nichts an unseren Freund.

„Oh Gott, Brit“, flüsterte Louisa, als die Joker langsam näher kamen und Mrs Davidson ergriffen.

„Lasst mich los, ihr Dummköpfe!“, kreischte Mrs Davidson, als die Joker sie packten. „Ich habe euch zu dem gemacht, was ihr seid! Ohne mich seid ihr nichts! Nichts! Ihr steht in meiner Schuld! Ihr alle!“

Aber ihre Worte verhallten ungehört. Die Joker schüttelten ihre Stöcke und stimmten ein wildes Gelächter an. In einem lärmenden Festzug zerrten sie ihre Königin aus dem Zimmer. Der Spuk war offenbar vorbei.

Einen Moment lang sagte niemand etwas. Dann brachen wir in Jubel aus, so erleichtert waren wir.

Wir waren außer Gefahr! Wir würden uns nicht in Joker verwandeln!

„Was für ein unglaubliches Glück!“, rief Jeff, nachdem wir uns alle um den Hals gefallen waren. „Unfassbar, dass Mrs Davidson selber alle Joker unter ihren Karten hatte.“

„Na ja, ich musste dem Glück schon ein wenig nachhelfen“, sagte ich.

„Wie meinst du das?“, fragte Jeff.

„Ich habe die Karten absichtlich auf den Boden fallen lassen, um sie unter dem Tisch zu präparieren“, erklärte ich.

Louisa schaute mich verwirrt an. „Was hast du gemacht?“

„Ich habe das Kartenspiel präpariert“, wiederholte ich. „Man ordnet die Karten in einer bestimmten Reihenfolge – ein uralter Kartentrick. Ich habe Jimmy gestern Abend gebeten, mir den Trick zu zeigen. Aber trotzdem bin ich vor Angst fast gestorben. Ich wusste ja nicht, ob es mir auf Anhieb gelingen würde.“

„Wahnsinn“, sagte Jeff beeindruckt. „Tolle Leistung, Brittany.“

„Super!“, rief auch Louisa und fiel mir erneut um den Hals.

„Ohne dich wäre ich jetzt garantiert einer von den schrecklich Jokern“, fügte Max hinzu.

„Lasst uns abhauen“, sagte ich. „Ich weiß zwar nicht, was jetzt aus Mrs Davidson und den Jokern wird. Aber ich finde, wir sollten nicht unbedingt hier bleiben, um es herauszufinden.“

Wir liefen die Treppe hinunter zur Haustür. Ich drehte am Türknauf, der auch sofort nachgab. Doch bevor ich die Tür aufziehen konnte, erfüllte ein entsetzliches Zischen die Luft. Ich drehte mich um. Die kamen zurück! In Sekundenschnelle hatten sie uns umzingelt und versperrten die Tür.

Der Joker mit den Zahnstümpfen kam auf mich zu.

„Das ... das Spiel ist aus!“, stammelte ich.

Aber er hörte nicht auf mich. Drohend kam er immer näher und hob seinen Stock.

„Lauft!“, rief Max.

Wir durchbrachen die Umzingelung und flohen zurück in Max’ Zimmer.

Schnell warfen wir die Tür hinter uns zu und schlossen sie ab.

„Wir haben es tatsächlich geschafft!“, jubelte Louisa. „Wir sind ihnen entkommen!“

Jeff runzelte die Stirn. „Das war zu leicht. Ich fürchte, sie haben es so geplant.“

Das klang einleuchtend.

Die Joker hatten es darauf angelegt, uns wieder in dieses Zimmer zu locken. Es hatte keine Tür nach draußen. Uns war jeder Fluchtweg abgeschnitten. Wir saßen in der Falle!

„Was machen wir denn jetzt?“, stieß ich hervor.

„Wir warten“, sagte Max.

„Warten?“, fragte ich verzweifelt. „Worauf denn? Auf die Joker?“

„Ganz genau.“ Seelenruhig hielt Max einen Stapel Spielkarten in den Händen und fuhr mit dem Finger über die Kanten.

„Oh Gott!", stöhnte ich.

Wie hatte ich Max nur trauen können? Schließlich hatte er für Mrs Davidson Karten gespielt. Er hatte ihr geholfen, ihre Opfer einzufangen – uns einzufangen!

Und wir hatten soeben zugelassen, dass er uns erneut zu Gefangenen machte!

Kapitel 27

Vor der Tür zu Max' Zimmer erklang bereits das grauenhafte Zischen.

Sobald Max abgelenkt war, stürzte ich mich auf ihn und versuchte, ihm die Karten zu entreißen.

„Hör auf, Brittany!", rief Max und schüttelte mich ab. „Du weißt nicht, was du tust!"

Ich konnte ihn kaum verstehen, das Rasseln der Joker übertönte alles.

Es gelang den Jokern, in das Zimmer zu stürmen. Ich hielt mir die Ohren zu. Ihr irres Gelächter raubte mir allmählich selbst den Verstand.

Sie lachten und lachten – und warum auch nicht? Schließlich hatten sie uns genau dort, wo sie uns haben wollten.

„Du da!", rief Max. Er zeigte auf den Joker mit den Zahnstümpfen und hielt ihm seine Spielkarte hin.

Und sobald der Joker auf die Karte blickte, zerriss Max sie in zwei Hälften.

Sofort löste sich der Stock des Jokers mit dem Totenschädel in Rauch auf. Sein Gesicht zog sich in die Länge und zerschmolz.

Ich packte Max am Arm. „W-was tust du?", stammelte ich.

Max antwortete nicht. Er ließ den Joker nicht aus den Augen.

Ich folgte seinem Blick und hielt den Atem an.

Das Gesicht des Jokers schmolz nicht, es verwandelte sich – in das Gesicht eines Jungen.

Seine Nase, die Wangen, das Kinn: Alles nahm neue Gestalt an. Allmählich sah er wie ein ganz normaler Junge aus.

Verblüfft bemerkte ich, wie die rot glühenden Augen sich blau färbten und die entstellten Zähne zu ihrer normalen Form zurückkehrten.

Doch plötzlich erfüllte wieder ohrenbetäubendes Rasseln die Luft.

Die Joker gaben noch nicht auf!

Laut schreiend kamen sie auf uns zu.

„Max, schnell! Wir müssen sie aufhalten!“, brüllte ich.

Max drückte mir mehrere Karten mit Jokern in die Hand, ebenso Louisa und Jeff.

„Achtet darauf, dass sie die Karte ansehen, wenn ihr sie zerreißt!“, rief Max.

Nach und nach zerrissen wir unsere Karten – und sämtliche Joker verwandelten sich in normale Kinder zurück. Alle bis auf einen. Ich hielt die letzte Jokerkarte in der Hand. Frankies Karte.

Der Joker, in dessen Hülle Frankie steckte, rannte durchs Zimmer und schrie wie ein Wahnsinniger.

„Hey, Frankie!", rief ich. „Sieh her!"

Doch der Joker wich mir immer wieder aus und hielt sich die Augen zu. Erst als Louisa und Jeff ihn packten und ihn zwangen, auf die Karte zu sehen, konnte ich sie in zwei Hälften zerreißen.

Das Gesicht des Jokers begann sich zu verändern. Wenig später stand Frankie endlich vor uns.

Alle Kinder, die in Joker verwandelt worden waren, dankten uns überschwänglich für ihre Befreiung. Sie riefen ihre Eltern an, und wir warteten, bis sie abgeholt und nach Hause gebracht wurden.

Zu guter Letzt eilte noch ein Paar mit blondem Haar und blassblauen Augen auf das Haus zu. Max stürzte hinaus. Ich glaube, die drei stellten einen neuen Weltrekord im Umarmen auf.

„Danke, Brittany", sagte Max, bevor sie losfuhren. „Du bist wirklich die Meisterin der Kartentricks."

„Ich muss *dir* danken, Max", erwiderte ich. „Wenn es einen Meister im Kartenzerreißen gibt, dann ja wohl dich!"

KAPITEL 28

Am nächsten Abend rief Frankie mich zu Hause an. Ich legte mich aufs Bett, um mit ihm zu telefonieren.

„Weißt du schon das Neueste, Brit?“, sagte er. „Jeff und ich waren heute nach der Schule bei Mrs Marder. Jeff musste wieder Lebensmittel bei ihr abliefern.“ Er hustete verlegen. „Ich dachte, ich sollte mich bei ihr entschuldigen. Du weißt schon, für das Vogelbad und so weiter.“

„Das soll wohl ein Witz sein!“, rief ich.

„Nein. Jedenfalls hat Jeff sie nach dem Teleskop gefragt“, fuhr Frankie rasch fort. „Und weißt du was? Früher haben sie und ihr Mann als Astronomen gearbeitet! Irgendwo eine Milliarde Lichtjahre entfernt gibt es sogar einen Sternenhaufen, der nach ihnen benannt wurde. Er heißt die *Marder-Formation*.“

„Im Ernst?“, fragte ich. „Einen Moment mal ... Warum war ihr Teleskop denn dann auf Max' Fenster gerichtet?“

„Na ja, du hast doch selber gesehen, dass ihre Katzen im ganzen Haus herumturnen“, erklärte Frankie. „Sie müssen auf das Teleskop gesprungen sein und es verstellt haben. Und wusstest du eigentlich, dass sie all diesen Katzen das Leben gerettet hat?", fuhr er fort. „Alle waren streunende Katzen. Man hätte sie eingeschläfert, wenn Mrs Marder sie nicht adoptiert hätte. Manchmal zieht sie sogar abends los und hält Ausschau nach herrenlosen Tieren."

„Ach so, deshalb hatte sie sich in dem Wäldchen in der Nähe von Louisas Haus aufgehalten!", dachte ich und stöhnte innerlich. „Mann, ich komme mir richtig mies vor, weil ich diese üblen Gerüchte geglaubt habe!", sagte ich laut.

Es klopfte an der Tür.

„Ich bin's!" rief Jimmy. „Ich muss dir einen supertollen Kartentrick zeigen, Brit!"

„Hast du das gehört?", fragte ich Frankie. „Nun ja, Jimmy hat mir immerhin beigebracht, wie man ein Kartenspiel präpariert. Ich schätze, ich bin es ihm wohl schuldig, seinen neuesten Kartentrick zu bewundern."

Frankie lachte. „Viel Spaß, Brit!"

Wir legten auf. „Komm schon rein!", rief ich. Ich klopfte auf den Platz neben mir. An diesem Abend war ich in glänzender Laune. Und wenn Jimmy zehn neue Kartentricks hatte, ich würde sie mir alle ansehen, ohne mich zu beschweren.

„Na dann", sagte Jimmy und ließ sich auf mein Bett fallen. „Nimm eine Karte! Welche du willst!"

Er fächerte das Spiel für mich auf.

Ich zog eine Karte aus der Mitte des Fächers. „Soll ich sie ansehen?“, fragte ich.

„Na klar!“, sagte Jimmy.

Ich drehte die Karte um.

Mir wurde heiß und kalt.

Ich wollte nicht glauben, was ich da vor Augen hatte!

Es war ein Joker! Der Furcht einflößendste Joker, den ich je gesehen hatte!

Er hatte hervorquellende grüne Augen und eine wilde, struppige Haarmähne. Die rot angemalten Lippen grinsten teuflisch.

Es war Mrs Davidson!

Auf dem Kopf trug sie eine goldene Krone. Mrs Davidson – die Königin der Joker. Entsetzt beobachtete ich, wie die Königin den rot geschminkten Mund öffnete und einen gellenden Schrei ausstieß ...

Mein Mund öffnete sich wie von selbst.

Dann schrie auch ich ...

Über R. L. Stine

R. L. Stine, der Erfinder der Reihe „Fear Street Geisterstunde“, hat nahezu einhundert gespenstische Geschichten für Kinder und Jugendliche geschrieben. Die Reihe „Fear Street Geisterstunde“ spielt, wie auch die „Fear Street“-Bände, in dem amerikanischen Städtchen Shadyside. Im Mittelpunkt stehen unheimliche Ereignisse, die die Bewohner der Fear Street erleben. Wenn R. L. Stine nicht gerade schreibt, spielt er gern Flipper an seinem eigenen Flipperautomaten oder erforscht New York City zusammen mit seiner Frau Jane und seinem Sohn Matt.